세마리토끼 잡는 독서논술

D5
초5~초6

저자: 지에밥 창작연구소_

'지에밥'은 '찐 밥'이라는 뜻을 가진 순우리말로, 감주·막걸리·인절미 등 각종 음식의 재료를 뜻합니다.
'지에밥 창작연구소'는 차지고 윤기 나는 밥을 짓는 어머니의 정성처럼 좋은 내용으로 세상 모든 사람들에게
넉넉하게 쓰일 수 있는 지혜를 선물하고 싶습니다.

이 책을 쓴 지에밥 연구원들_

강영주(지에밥 창작연구소 소장, 빨간펜 논술, 기탄 국어 등 기획 개발), 김경선(동화작가 및 기획 편집자),
김혜란(동화작가, 아동문학가협회 회원), 왕입분(동화작가 및 기획 편집자), 우현옥(동화작가), 이현정(동화작가),
이혜수(기획 편집자), 이현정(동화작가 및 기획 편집자), 정성란(동화작가), 조은정(동화작가 및 기획 편집자),
최성옥(기획 편집자), 한현주(동화작가), 한화주(동화작가), 홍기운(동화작가 및 기획 편집자)

이 책을 감수한 선생님들_

권영민(서울대학교 국어국문학과 교수), 홍준의(서원대학교 과학교육과 교수),
김병구(숙명여자대학교 의사소통센터 교수), 문영진(진북대학교 국어교육과 교수), 조현일(원광대학교 국어교육과 교수),
김건우(대전대학교 국어국문학과 교수), 유호종(서울대학교 철학박사), 구자송(상암고등학교 국어 교사),
김영근(서울과학고등학교 국어 교사), 최영환(여의도고등학교 국어 교사), 구자관(한성과학고등학교 국어 교사),
윤성원(한성과학고등학교 국어 교사), 장원영(세화고등학교 역사 교사), 박영희(대왕중학교 과학 교사),
심선희(서울고등학교 과학 교사), 한문정(숙명여자고등학교 과학 교사)

세 마리 토끼 잡는 독서 논술 D5권

펴낸날 2020년 1월 10일 개정판 제2쇄
지은이 지에밥 창작연구소 | **연구원** 김지연, 조은정, 이자원, 차혜원 | **펴낸이** 주민홍 | **펴낸곳** ㈜NE능률 | **디자인** framewalk | **삽화** 김석류(표지, 캐릭터)
영업 한기영, 주성탁, 박인규, 장순용 | **마케팅** 박혜선, 고유진, 김상민 | **주소** 서울특별시 마포구 월드컵북로 396(상암동) 누리꿈스퀘어 비즈니스타워
10층(우편번호 03925) | **전화** (02)2014-7114 | **팩스** (02)3142-0356 | **홈페이지** www.nebooks.co.kr | **출판등록** 제1-68호
ISBN 979-11-253-3096-7 | 979-11-253-3114-8 (set)

펴낸날 2012년 3월 1일 1판 1쇄
기획 개발 지에밥 창작연구소 | **디자인 기획 진행** 고정선 | **디자인** 유정아, 박지인, 이가영, 김지희 | **삽화** 오유선, 안준석, 정현정, 윤은하, 김민석, 윤찬진, 정효빈,
김승민

제조년월 2020년 1월 **제조사명** ㈜NE능률 **제조국** 대한민국 **사용 연령** 12~13세

하루하루 성장하는
내 아이의 모습을 확인하길 바라며

프랑스의 유명한 정신 분석학자이자 철학자인 라캉은 인간이 성장한다는 것은 '상징계'에 편입되는 것이라고 말했습니다. 그가 말한 상징계란 '언어를 매개로 소통하는 체계'를 의미하는데, 우리가 살아가는 세상 혹은 사회가 바로 그것입니다. 결국 한 아이가 태어나서 정신적으로 성장하는 아동기에서 가장 중요한 것은 언어로 소통하는 능력을 키우는 일입니다. 〈세 마리 토끼 잡는 독서 논술〉은 이와 같은 점에 주목하여 기획하고 구성하였습니다.

첫째, 문자 언어를 비롯하여 그림, 도표 등 다양한 상징체계를 이해하는 과정을 통해 통합적인 언어 이해력을 키울 수 있도록 하였습니다.

둘째, 텍스트 이해력뿐만 아니라 추론 능력, 구성(표현) 능력, 비판적 사고 능력 등을 통합적으로 길러서 여러 가지 문제를 해결하는 데 실질적으로 도움이 될 수 있도록 하였습니다.

셋째, 초등 교육과정의 핵심 내용과 밀접하게 연계되도록 설계하였습니다.

부모님보다 더 훌륭한 스승은 없습니다. 〈세 마리 토끼 잡는 독서 논술〉은 부모님 이외의 다른 어떤 선생님도 필요 없습니다. 이 학습 프로그램을 통해서 하루하루 성장하는 내 아이의 모습을 확인하는 기쁨을 누리시길 바랍니다.

세 마리 **토**끼잡는 **독**서논술 이란?

어떤 책인가요?

하나의 주제와 관련된 다양한 글(동화, 시, 수필, 만화, 논설문, 설명문, 전기문 등)을 읽고 통합 교과적인 문제를 풀면서 감각적 언어 능력(작품의 이해와 감상)과 논리적 이해 능력(비문학의 구조, 추론, 적용 등), 국어 지식(어휘, 문법 등), 사회와 과학 내용 등을 통합적으로 익히는 독서 논술 프로그램 학습지입니다.

몇 단계, 몇 권인가요?

〈세 마리 토끼 잡는 독서 논술〉은 다음과 같이 총 5단계, 25권입니다.

단계	P단계	A단계	B단계	C단계	D단계
대상 학년	유아~초등 1년	초등 1년~2년	초등 2년~3년	초등 3년~4년	초등 5년~6년
권 수	5권	5권	5권	5권	5권

세 마리 토끼란?

'독서', '사고', '통합 교과'의 세 가지 영역을 말합니다. 즉, 한 권의 독서 논술 책으로 다양한 장르의 글을 읽을 수 있고, 논술 문제를 풀면서 사고력을 기를 수 있으며, 초등학교 주요 교과 내용과 연계된 문제를 풀면서 통합 교과 학습을 할 수 있습니다.

 독서
* 각 단계에 맞게 초등학교의 주요 교과 내용을 주제로 정함.
* 각 권의 주제와 관련된 글을 언어, 사회, 과학 등으로 나누어 읽을 수 있음.

 사고
* 언어, 사회, 과학 등과 관련된 다양한 장르의 글을 읽고 논술 문제를 풀면서 생각하는 능력과 생각하는 폭을 확장할 수 있음.

 통합 교과
* 다양한 장르의 글을 읽고 초등학교 국어, 사회, 과학 등의 학습 내용과 관련된 문제를 풀면서 통합 교과 학습을 할 수 있음.

하루에 세 장씩 꾸준히 학습하면 세 마리 토끼를 잡을 수 있어요.

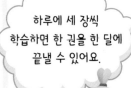 하루에 세 장씩 학습하면 한 권을 한 달에 끝낼 수 있어요.

세마리 토끼잡는 독서논술 이런 점이 다릅니다

초등학교 교과 내용과 긴밀하게 연결되어 있습니다.
각 단계의 권별 내용과 문제는 그 단계에 맞는 학년의 주요 교과 내용과 긴밀하게 연결되어 교과 학습에 도움을 줍니다.

하나의 주제를 통합 교과적으로 접근합니다.
각 권마다 하나의 주제가 있고, 그 주제를 언어, 사회, 과학과 연결시켜서 사고를 확장할 수 있게 하였습니다. 그리고 여러 교과와 연계된 문제를 풀면서 통합 교과적인 사고를 할 수 있습니다.

다양한 서술·논술형 문제를 풀 수 있습니다.
매 페이지마다 통합 교과 논술 문제를 제시하여 생각하는 힘과 표현력을 키울 수 있는 것은 물론 학교 시험에서 강화되고 있는 서술·논술형 문제에 대비할 수 있습니다.

다양한 장르의 글을 접할 수 있습니다.
각 주제와 관련된 명작 동화, 창작 동화, 전래 동화, 설화, 설명문, 논설문, 수필, 시, 만화, 전기문 등 다양한 장르의 글을 읽으면서 각 장르의 특성을 체험하며 독서하는 습관을 기를 수 있습니다. 특히 현재 왕성하게 활동하고 있는 여러 동화 작가의 뛰어난 창작 동화가 20여 편 수록되어 있습니다.

수준 높은 그림을 많이 제시하여 흥미롭게 학습할 수 있습니다.
어린이들은 글과 그림이 조화를 이룬 책으로 공부할 때 학습 효과를 높일 수 있습니다. 또한 좋은 그림은 어린이들의 정서 발달에 도움을 줍니다. 이런 점을 생각하여 한 페이지를 넘길 때마다 수준 높은 그림을 제시하여 어린이들이 흥미롭게 학습할 수 있도록 하였습니다.

세마리 토끼잡는 독서논술 은 이렇게 구성되었습니다

독서 전 활동　생각 열기

★ 한 주의 학습을 시작하기 전에 주제와 관련된 사진이나 그림을 보고, 앞으로 학습할 내용에 대해 흥미를 가질 수 있도록 하였습니다.

★ '생각 톡톡'의 문제를 풀면서 주제에 대한 자신의 경험이나 평소 생각을 돌이켜 보며 앞으로 학습할 내용을 짐작할 수 있도록 하였습니다.

★ 통합 교과 활동과 이어질 교과서의 연계 교과를 보며 교과 내용을 참고할 수 있도록 하였습니다.

독서 중 활동　깊고 넓게 생각하기

★ 한 권에 하나의 주제가 있고, 그 주제를 언어, 사회, 과학으로 나누어서 다양한 장르의 글을 읽으며 통합 교과 문제와 논술 문제를 풀 수 있도록 구성하였습니다.

★ 1주는 언어, 2주는 사회, 3주는 과학과 관련된 제재로 구성하였고, 4주는 초등 교과에서 다루고 있는 여러 가지 장르별 글쓰기(일기, 동시, 관찰 기록문, 기행문, 독서 감상문, 기사문, 논설문, 설명문, 희곡 등)와 명화 감상, 체험 학습 등의 통합 교과 활동으로 구성하였습니다.

독서 후 활동   생각 정리하기

되돌아봐요

★ 앞에서 읽은 글을 돌이켜 보면서 이야기의 흐름과 중심 생각을 파악하고, 더 나아가 자신의 생각을 발전시키는 문제를 풀 수 있도록 하였습니다. 이를 통해 한 주 동안 읽고 생각한 내용을 머릿속에서 차근차근 정리할 수 있습니다.

내가 할래요

★ 주제와 관련된 여러 가지 활동을 하며 한 주의 학습을 마무리할 수 있도록 하였습니다. 종이접기, 편지 쓰기, 그림 그리기 등 재미있는 활동을 하며 창의력과 상상력을 키울 수 있습니다.

★ 한 주의 학습이 끝난 다음 체크 리스트를 통해 학습한 주요 내용을 잘 이해하고 적용할 수 있는지 평가할 수 있습니다.

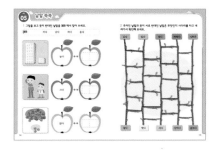

낱말 쏙쏙 (유아 P단계)

★ 한 주 동안 글을 읽으며 새로이 배운 낱말들을 그림과 더불어 살펴보고 익힐 수 있습니다.

궁금해요 (초등 A~D단계)

★ 한 주 동안 읽은 글이나 주제와 관련된 배경지식을 제공하여 앞에서 학습한 내용을 좀 더 깊이 이해할 수 있습니다.

세마리 토끼잡는 독서논술의 커리큘럼

단계	권	주제	제재			
			언어(1주)	사회(2주)	과학(3주)	통합 활동 장르별 글쓰기(4주)
P (유아 ~초1)	1	나의 몸 살피기	뾰족성의 거울 왕비	주먹이	구슬아, 어디로 가니?	몸 튼튼, 마음 튼튼
	2	예절 지키기	여우와 두루미	고양이가 달라졌어요	비비네 집으로 놀러 와!	안녕하세요?
	3	친구와 사귀기	하얀 토끼, 까만 토끼	오성과 한음	내 친구를 자랑합니다!	거꾸로 도깨비 나라
	4	상상의 즐거움	헤라클레스의 모험	용용 죽겠지?	나는야 좋은 바이러스	상상이 날개를 달았어요
	5	정리와 준비의 필요성	지우개야, 고마워!	소가 된 게으름뱅이	개미 때문에, 안 돼~!	색깔아, 모양아! 여기 모여라!
A (초1 ~초2)	1	스스로 하기	내가 해 볼래요!	탈무드로 알아보는 스스로 하는 힘	우리도 스스로 잘 살아요	일기를 써 봐요
	2	가족의 소중함	파랑새	곰이 된 아빠	동물들의 특별한 아기 기르기	편지를 써 봐요
	3	놀이의 즐거움	꼬부랑 할머니와 흰 눈썹 호랑이	한 번도 못 해 본 놀이	동물 친구들도 노는 게 좋대요	머리가 좋아지는 똑똑한 놀이
	4	계절의 멋	하늘 공주가 그린 사계절	눈의 여왕	나뭇잎을 관찰해요	동시를 써 봐요
	5	자연 보호	세모산 솔이	꿀벌 마야의 모험	파브르 곤충기 (송장벌레)	관찰 기록문을 써 봐요
B (초2 ~초3)	1	학교생활	사랑의 학교	섬마을 학교가 좋아졌어요	우리 반 사고뭉치 기동이	소개하는 글을 써 봐요
	2	호기심 과학	불개 이야기	시턴 "동물기" (위대한 통신 비둘기 아노스)	물을 훔쳐 간 범인을 찾아라!	안내하는 글을 써 봐요
	3	여행의 즐거움	하나의 빨간 모자	15소년 표류기	갯벌 탐사 여행	기행문을 써 봐요
	4	즐거운 책 읽기	행복한 왕자	멸치 대왕의 꿈	물의 여행	독서 감상문을 써 봐요
	5	박물관 나들이	민속 박물관에는 팡이가 산다	재미있는 세계 이야기 박물관	과학관으로 놀러 오세요	광고하는 글을 써 봐요

단계	권	주제	제재			
			언어(1주)	사회(2주)	과학(3주)	통합 활동 장르별 글쓰기(4주)
C (초3 ~초4)	1	교통의 발달	자동차의 왕, 헨리 포드	당나귀를 타려다가……	교통수단, 사람들 사이를 잇다	명화 속 교통수단
	2	날씨와 환경	그리스 로마 신화	북극 소년 피터	생활 속 과학	날씨와 생활
	3	나누며 사는 삶	마더 테레사	민들레 국숫집	지진과 화산	주장하는 글을 써 봐요
	4	지역의 자연환경	울산 바위의 유래	우리 마을이 최고야!	아름다운 우리 고장	우리 마을 지도를 그려 봐요
	5	지역의 문화	준치가 메기 된 날	강릉의 딸, 겨레의 어머니 신사임당	우리나라 풀꽃 이야기	지역 특산물을 소개해 봐요
D (초5 ~초6)	1	우리 역사	삼국유사	옛날 사람들은 어떻게 살았을까?	역사를 바꾼 겨레 과학	지붕 없는 박물관, 경주 역사 유적 지구
	2	문화재	반야산 불상의 전설	난중일기	우리 문화에 숨어 있는 과학	설명하는 글은 어떻게 쓸까요?
	3	경제생활	탈무드로 만나는 경제	나눔을 실천한 기업가 유일한	재미있는 확률 이야기	기사문은 어떻게 쓸까요?
	4	정보화 사회	컴퓨터 천재 빌 게이츠	봉수와 파발	컴퓨터와 인터넷 세상	연설문은 어떻게 쓸까요?
	5	세계와 우주	우주를 여행하는 과학자 스티븐 호킹	80일간의 세계 일주	별과 우주	희곡은 어떻게 쓸까요?

각 학년의 교과와
연계된 주제로 다양한 글을
읽을 수 있어요.

세마리 토끼잡는 독서논술 이렇게 공부하세요

자신 있게 학습할 수 있는 단계를 선택하세요.

〈세 마리 토끼 잡는 독서 논술〉은 어린이 개인의 능력에 따라 단계를 선택하여 학습할 수 있는 교재입니다. 학년과 상관없이 자신이 자신 있게 학습할 수 있는 단계부터 선택하는 것이 중요합니다. 너무 어려운 단계나 너무 쉬운 단계를 선택하면 학습에 흥미를 잃을 수 있으므로 주의하세요.

한 주 동안 읽어야 할 독서 자료를 미리 읽으세요.

한 주 동안 읽어야 할 독서 자료를 미리 읽고 전체 내용을 파악한 다음, 매일 3장씩 읽고 문제를 푸는 것이 독서 학습을 하는 데 효과적입니다. 독서에는 흐름이 있습니다. 전체의 흐름을 미리 알고 세부적인 문제를 푸는 것이 사고력 확장에 도움이 됩니다.

매일 3장씩 꾸준히 공부하세요.

'가랑비에 옷이 젖는다.'라는 속담처럼 매일 꾸준히 3장씩 읽고, 생각하고, 표현하다 보면 독서, 사고, 통합 교과적 사고 능력이 성장한다는 것을 느낄 수 있을 것입니다. 그리고 매일 학습을 마친 뒤에는 '1일 학습 끝!' 붙임 딱지를 붙이면서 성취감을 느껴 보세요.

한 주 학습을 마친 후 자기 평가를 해 보세요.

한 주 학습이 끝난 다음에는 체크 리스트를 통해 학습한 내용을 얼마나 이해하고 적용할 수 있는지 스스로 평가해 보세요. 그래서 부족한 부분이 있다면 다시 한번 짚고 넘어가세요.

부모님과 깊이 있는 대화를 나누어 보세요.

한 주 동안 독서 자료를 읽고 문제를 풀면서 생각하고 표현해 보았다면, 그 주제에 대해 부모님과 이야기를 나누어 보세요. 주제에 대해 자신이 새롭게 알게 된 것이나 다르게 생각하게 된 것을 부모님과 이야기하다 보면 생각이 더욱 커진답니다.

한 주 학습표

일	월	화	수	목	금	토

★ 한 주 동안 읽어야 할 독서 자료 미리 읽기

★ 매일 3장씩 학습하기 → '1일 학습 끝!' 붙임 딱지 붙이기 → 한 주 학습이 끝나면 체크 리스트를 보며 평가하기

★ 부족한 부분 되짚기
★ 수요 내용 복습하기

세마리 토끼잡는 독서논술

D단계 5권

주제	주	제목	교과 연계 내용
세계와 우주	언어(1주)	우주를 여행하는 과학자 스티븐 호킹	[국어 6-2] 인물이 추구하는 가치관과 시대 상황 이해하기
			[사회 5-1] 장애인 인권을 보호하기 위한 제도 알아보기
			[과학 5-1] 태양과 태양계에 대해 알아보기
	사회(2주)	80일간의 세계 일주	[국어 6-1] 이야기의 흐름을 파악하며 읽기, 인물 사이의 갈등 이해하기
			[사회 6-2] 세계의 자연과 문화에 대해 알기, 세계화 시대의 우리 생활에 대해 알기
	과학(3주)	별과 우주	[과학 5-1] 태양계 행성의 특징을 알아보고 크기 비교하기, 태양계 행성의 운동에 대해 알아보기, 별과 행성의 공통점과 차이점 알아보기
			[과학 6-1] 지구와 달의 운동에 대해 알아보기, 계절에 따라 별자리가 달라지는 까닭 알아보기
	통합 활동/ 장르별 글쓰기 (4주)	희곡은 어떻게 쓸까요?	[국어 5-2] 연극의 특성 알아보기
			[국어 6-1] 희곡의 특성을 생각하며 작품 읽기, 이야기를 희곡 형식으로 바꾸어 표현하기
			[국어 6-2] 등장인물이 처한 상황에 알맞게 연극 공연하기

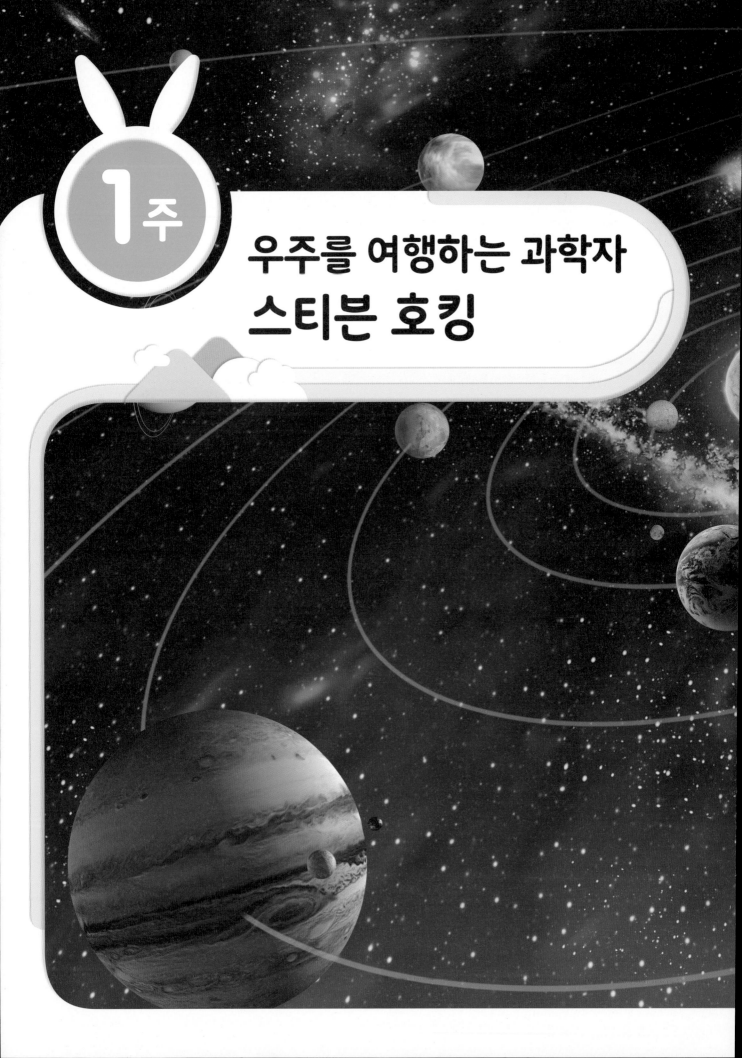

1주

우주를 여행하는 과학자
스티븐 호킹

생각톡톡 스티븐 호킹은 무엇을 전문으로 연구하는 사람인지 보기 에서 찾아 쓰세요.

보기   음악   의학   우주   역사   (   )

관련교과   [국어 6-2] 인물이 추구하는 가치관과 시대 상황 이해하기
[과학 5-1] 태양과 태양계에 대해 알아보기

01 우주를 여행하는 과학자 스티븐 호킹

스티븐 호킹은 1942년 1월 8일 영국 옥스퍼드에서 태어났어요. 어린 시절 스티븐은 호기심이 많고 상상력이 풍부한 아이였어요.

"얘야, 스티븐, 어디 있니? 잘 시간이 지났는데…….''

어머니가 어린 스티븐을 찾았어요. 하지만 스티븐의 귀에는 어머니의 목소리가 들리지 않았지요. 밤하늘의 별을 보는 데 푹 빠져 있었거든요.

'저 넓은 우주에는 얼마나 많은 별이 있을까?'

먼 나라에서 질병을 연구하는 아버지가 돌아오는 날이면, 스티븐은 우주와 별에 대한 질문을 잔뜩 퍼부었어요. 그때마다 아버지는 웃으며 질문에 답해 주었지요.

"오늘은 우리가 밤하늘에 별을 만들어 볼까?"

하루는 아버지가 스티븐에게 불꽃놀이를 하자고 했어요. 불꽃은 밤하늘을 아름답게 수놓고는 이내 사그라졌어요. 스티븐은 아버지와 나란히 잔디밭에 누워 불꽃이 사라진 밤하늘을 바라보았지요. 하늘에는 별이 반짝반짝 빛나고 있었어요.

'별들은 사라지지 않는 걸까?'

어린 스티븐의 머릿속은 다시 별에 대한 생각으로 가득 찼지요.

---

* 별: 스스로 빛을 내는 태양계의 천체.

언어 **1. 어린 스티븐의 귀에는 왜 어머니의 목소리가 들리지 않았나요? (   )**

① 밖에서 친구들과 놀았기 때문에

② 어머니와 멀리 떨어져 지냈기 때문에

③ 어머니의 목소리가 매우 작았기 때문에

④ 스티븐은 귀가 잘 들리지 않았기 때문에

⑤ 밤하늘의 별을 보는 데 푹 빠져 있었기 때문에

 과학 탐구 **2. 어린 스티븐이 궁금하게 여긴 '별'에 대한 설명으로 알맞지 않은 것은 무엇인가요?**

(   )

① 별은 밝기가 다르다.

② 별은 색깔이 모두 같다.

③ 별은 밤하늘에서 볼 수 있다.

④ 별은 흩어져 있기도 하고, 모여 있기도 하다.

⑤ 우리는 수많은 별들 가운데 일부만 볼 수 있다.

논술 **3. 어린 스티븐의 머릿속은 별에 대한 생각으로 가득 차 있었어요. 스티븐처럼 요즘 여러분의 머릿속을 가득 채우고 있는 생각은 무엇인지 써 보세요.**

어린 시절 스티븐은 글씨도 아주 못 썼고 공부도 썩 잘하는 편이 아니었지요.

"스티븐, 글씨도 반듯하게 쓰고, 공부도 더 열심히 하면 좋겠구나."

"다른 애들이라고 나보다 훨씬 더 나은 것은 아니에요."

어머니가 나무랐지만 스티븐은 아무렇지도 않다는 듯 당당하게 말했어요. 사실 스티븐은 친구들 사이에서 머리 좋은 아이로 통했거든요.

"스티븐은 똑똑해서 먼 훗날 유명한 사람이 될 거야."

한 친구가 이렇게 말했지만, 존이라는 친구는 그 말에 동의하지 않았어요.

"쳇, 똑똑하긴! 난 스티븐이 유명해지지 못한다는 데 과자 한 봉지를 걸겠어."

그러나 존은 얼마 지나지 않아 자신의 생각이 잘못되었다는 것을 느꼈어요.

"아주 뜨거운 홍차를 마시기 좋은 온도로 빨리 만들려면 우유를 넣어서 식혀야 할까? 홍차가 식은 뒤 우유를 넣어야 할까?"

존이 답을 몰라 주저하는 사이, 스티븐은 거침없이 이렇게 말했어요.

"뜨거운 홍차는 그대로 둘수록 빨리 식어. 우유는 나중에 넣어야 해. 왜냐하면 뜨거운 물체는 절대 온도에 비례해서 열을 잃거든."

이처럼 스티븐은 존이 모르는 과학 원리를 술술 말할 만큼 똑똑한 아이였답니다.

※ 절대 온도: 물질의 특이한 성질에 의존하지 않는 절대적인 온도. 영하 273.15℃가 기준이며, 단위는 켈빈(K).
※ 비례: 한쪽의 양이나 수가 증가하는 만큼 그와 관련 있는 다른 쪽의 양이나 수도 증가함.

언어 1. 어린 시절 스티븐은 글씨를 아주 못 썼다고 했어요. 다음 중 글씨를 되는대로 아무렇게나 써 놓은 모양을 나타내는 말은 무엇인가요? (   )

① 한들한들   ② 괴발개발   ③ 두리둥실   ④ 고래고래   ⑤ 터벅터벅

과학탐구 2. 뜨거운 홍차에 찬 우유를 넣었을 때 홍차의 온도가 내려가는 것은 열의 이동이 일어났기 때문입니다. 다음 중 열의 이동에 대한 설명으로 알맞지 <u>않은</u> 것은 무엇인가요?

(   )

① 열의 이동은 액체에서만 일어난다.
② 열은 온도가 높은 곳에서 낮은 곳으로 이동한다.
③ 열의 이동은 두 물질의 온도가 같아질 때까지 계속된다.
④ 열은 물질 사이의 온도 차이가 클수록 활발하게 이동한다.
⑤ 열이 이동하면 차가운 물질의 온도는 높아지고, 뜨거운 물질의 온도는 낮아진다.

논술 3. 존은 자신만의 편견을 가지고서 스티븐을 무시했습니다. 이렇게 다른 사람에 대해 편견을 가지면 안 되는 까닭을 써 보세요.

스티븐은 열일곱 살에 옥스퍼드 대학교 물리학과[*]에 입학했어요. 세계에서 손꼽히는 명문 대학교인 옥스퍼드에는 머리가 뛰어난 학생들이 많았어요.

어느 날 교수님이 학생들에게 숙제를 냈어요.

"다음 시간까지 이 문제들을 풀 수 있는 만큼 풀어 오게."

문제는 열세 개였어요. 하지만 하나같이 어려워 학생들은 문제를 푸느라 며칠 동안 끙끙 댔지요.

어느덧 숙제를 제출해야 하는 날 아침이 되었어요.

"이봐, 스티븐. 너는 몇 문제나 풀었니?"

"아직 한 문제도 풀지 않았어. 지금부터 풀어 볼 생각이야."

"뭐? 우리는 둘이 협력해서 겨우 한 문제 반을 풀었다고. 너 어쩌려고 그래?"

스티븐은 친구의 말을 뒤로하고 자신만만한 표정으로 책상에 앉아 문제를 풀기 시작했어요. 그리고 수업 시간이 되자 스티븐은 열 문제나 풀어 숙제를 제출했어요.

"스티븐은 우리와 다른 별에 사는 녀석인 게 분명해."

스티븐의 뛰어난 머리에 친구들은 놀라서 혀를 내둘렀지요.

[*] **물리학**: 물질의 물리적 성질과 그것이 나타내는 모든 현상, 그리고 그들 사이의 관계나 법칙을 연구하는 학문.

1. 스티븐의 친구들은 서로 도와서 문제를 풀었습니다. 다음 중 모둠끼리 함께하기에 알맞은 활동이 <u>아닌</u> 것은 어느 것인가요? (   )

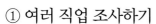

① 여러 직업 조사하기

② 오늘 하루 일기 쓰기

③ 여러 악기로 합주하기

④ 우리 마을 전설 조사하기

⑤ 마을을 위해 애쓰시는 분 인터뷰하기

 2. 다음 중 보기 에서 밑줄 그은 '풀다'와 같은 뜻으로 쓰인 것은 어느 것인가요?

(   )

보기

스티븐은 자신만만한 표정으로 책상에 앉아 문제를 <u>풀었어요</u>.

① 유정이는 코를 세게 <u>풀었다</u>.

② 국이 싱거워서 소금을 <u>풀었다</u>.

③ 형은 집에 도착하자마자 보따리를 <u>풀었다</u>.

④ 재민이는 어려운 수수께끼를 금세 <u>풀었다</u>.

⑤ 찌개를 얼큰하게 끓이려고 고추장을 듬뿍 <u>풀었다</u>.

3. 혼자 해내기에 벅찬 일을 할 때 사람들은 협력을 합니다. 협력을 했을 때 좋은 점을 써 보세요.

 1주 1일 학습 끝!

붙임 딱지 붙여요.

스티븐은 우수한 학생이었지만 책상에만 붙어 있는 공붓벌레는 아니었어요. 2학년이 끝날 무렵에는 조정 선수가 되어 날마다 친구들과 푸른 물살을 갈랐지요. 조정은 한 배에 여럿이 타고 노를 저어 속도를 겨루는 스포츠예요.

스티븐이 조정 선수가 되었다는 말에 친구들은 의아해했어요.

"말라깽이 스티븐이 어떻게 조정 선수가 될 수 있지?"

사실 조정은 무척 힘든 경기예요. 힘차게 노를 저으려면 체력이 좋아야 하지요. 하지만 조정에는 '키잡이'라는 역할이 있어요. 키잡이는 배의 방향을 조정하며 노를 젓는 사람들에게 지시를 내리는 사람이에요. 명석한 두뇌와 가벼운 몸집을 가진 스티븐은 키잡이에 적격[*]이었지요.

스티븐은 대학을 졸업할 때까지 조정 선수로 활약했어요. 그러면서도 결코 공부를 소홀히 하지 않았지요. 조정을 좋아하기는 했지만 스티븐이 가장 좋아하는 것은 뭐니 뭐니 해도 우주와 별에 대해 연구하는 일이었거든요.

스티븐은 우수한 성적으로 대학을 졸업하고 본격적으로 우주를 연구하기 위해 케임브리지 대학원에 진학했답니다.

※ **적격**: 어떤 일에 자격이 맞음.

언어 1. 다음 빈칸에 들어갈 알맞은 말을 이 글에서 찾아 각각 써 보세요.

(1) 스티븐이 대학교 때 한 스포츠: ....

(2) 스티븐이 그 스포츠에서 한 역할: ....

(3) 스티븐이 그 역할에 적격인 까닭: ....

....

예체능 2. 조정은 한 배에 여럿이 타고 노를 저어 속도를 겨루는 스포츠입니다. 다음 중 물에서 하는 스포츠가 아닌 것은 무엇인가요? (　　　　)

① 수구　　　　② 수영　　　　③ 카누
④ 펜싱　　　　⑤ 수상 스키

▲ 조정

논술 3. 여러분이 좋아하거나 즐겨 하는 스포츠는 무엇이고, 그 스포츠를 통해 얻을 수 있는 좋은 점을 써 보세요.

　어느 추운 겨울날, 스티븐은 가족들과 함께 꽁꽁 언 얼음 위에서 신나게 스케이트를 탔어요. 그러다 스티븐이 그만 얼음판 위로 '쾅당!' 하고 넘어지고 말았어요.

　'아…… 몸을 움직일 수가 없어.'

　스티븐은 자리에서 쉽게 일어나지 못했어요. 걱정이 된 부모님은 스티븐을 데리고 병원으로 향했어요.

　"음, 젊은이가 어쩌다가……. 근위축성 측삭 경화증입니다."

　검사를 마친 의사는 안됐다는 듯 말했어요.

　"네? 그게 무슨 병인가요?"

　"다른 이름으로는 '루게릭병'이라고도 하는데, 한마디로 근육이 마비되는 병입니다. 점차 몸을 움직일 수 없게 되고 나중에는 숨을 쉬는 근육까지 마비되어……."

　"세상에! 어떻게 치료해야 하는 건가요?"

　"이 병은 치료 방법이 없어요. 앞으로 2년 반 정도밖에 살 수 없을 겁니다."

　의사의 말에 부모님과 스티븐은 하늘이 무너지는 듯해 한없이 눈물을 흘렸어요.

※ **근육**: 힘줄과 살을 통틀어 이르는 말.
※ **마비**: 신경이나 근육이 형태의 변화 없이 기능을 잃어버리는 일.

🐰 언어 **1.** 다음 ㉠~㉣은 스티븐에게 있었던 일입니다. 일이 일어난 순서대로 알맞게 나열한 것은 어느 것인가요? (   )

㉠ 의사는 스티븐이 루게릭병에 걸렸으며 치료 방법이 없다고 했어요.
㉡ 스티븐은 좀처럼 자리에서 일어나지 못했어요.
㉢ 스티븐이 스케이트를 타다 넘어졌어요.
㉣ 걱정이 된 부모님은 스티븐을 데리고 병원으로 향했어요.

① ㉠→㉡→㉢→㉣　　② ㉢→㉡→㉣→㉠　　③ ㉢→㉣→㉠→㉡
④ ㉢→㉣→㉡→㉠　　⑤ ㉠→㉡→㉣→㉢

🐰 과학 탐구 **2.** 루게릭병은 근육이 마비되는 병입니다. 그렇다면 우리 몸에서 근육이 하는 역할은 무엇인가요? (   )

① 몸속의 세균을 잡아먹는 역할
② 혈액 속의 노폐물을 걸러 내는 역할
③ 몸의 각 부위를 움직이게 하는 역할
④ 몸의 각 부위에 명령을 내리는 역할
⑤ 소리를 듣고, 몸의 균형을 잡아 주는 역할

🐰 논술 **3.** 스티븐은 어느 날 갑자기 치료 방법이 없는 루게릭병에 걸렸다는 소식을 들었습니다. 절망에 빠진 스티븐에게 위로하는 말을 써 보세요.

집으로 돌아온 스티븐은 비틀거리는 몸을 가누지 못하고 침대에 누웠어요.

'내가 몸을 움직일 수 없게 된다고? 2년 반 정도밖에 살지 못한다고?'

스티븐은 절망에 빠졌어요.

'곧 죽을 텐데 우주에 대한 연구가 무슨 소용이야.'

스티븐은 모든 걸 포기하고 오랫동안 방 안에만 틀어박혀 지냈어요.

그런 스티븐을 찾아와 조용히 위로의 말을 건넨 친구가 있었어요. 학교 후배인 제인이었지요. 제인은 스티븐에게 큰 힘이 되었어요.

시간이 지날수록 스티븐의 마음속에는 다시 희망이 자라기 시작했어요.

'몸은 움직일 수 없지만 머릿속으로 생각은 할 수 있잖아. 살아 있는 동안은 내가 하고 싶은 일을 할 수 있어. 그래, 다시 연구를 시작하자.'

마침내 스티븐은 절망을 딛고 일어섰어요. 대학원에서 우주에 대한 연구를 계속하기로 마음먹은 거예요. 그리고 자신의 곁을 지켜 준 제인에게 용기를 내어 청혼했어요. 제인은 스티븐의 청혼을 받아들였어요. 스티븐과 사랑에 빠진 제인에게 루게릭병은 결코 문제가 되지 않았지요. 제인의 부모님도 제인의 결정을 존중해 주었답니다. 스티븐과 제인은 많은 사람의 축복 속에 결혼식을 올렸어요.

※ 존중: 높이어 귀중하게 대함.

1. 스티븐이 절망에 빠진 까닭으로 알맞은 것 두 가지를 고르세요. ( )

① 대학원에 입학할 수 없기 때문에

② 몸을 움직일 수 없게 되기 때문에

③ 머릿속으로 생각을 할 수 없기 때문에

④ 제인의 부모님이 둘의 결혼을 반대했기 때문에

⑤ 의사가 2년 반 정도밖에 살지 못한다고 했기 때문에

2. 절망을 딛고 일어선 스티븐은 대학원에서 우주에 대한 연구를 계속하기로 마음먹었습니다. 다음은 스티븐보다 먼저 우주에 대한 연구를 한 사람입니다. 다음에서 설명하는 '나'는 누구인가요? ( )

'나'는 누구일까요?

이탈리아의 물리학자이자 천문학자예요. 1609년에 망원경을 제작해 달의 지형과 태양의 흑점, 목성의 위성을 발견했어요.

지구가 태양 주위를 돈다는 지동설을 주장해 교황청으로부터 종교 재판을 받기도 했어요.

① 간디   ② 에디슨   ③ 마리 퀴리   ④ 갈릴레이   ⑤ 아인슈타인

3. 스티븐 호킹처럼 신체 장애를 극복한 위인 중 한 사람의 이름과 그 위인이 이룩한 업적을 써 보세요.

　제인과 결혼한 스티븐 호킹은 우주 연구에 몰두하며 행복한 나날을 보냈어요. 그러나 스티븐 호킹의 건강은 점점 나빠졌어요. 손이 굳어져 글을 쓰기 어렵고, 휠체어 없이는 움직일 수도 없게 되었지요. 제인은 그런 스티븐 호킹의 손발이 되어 주었어요. 스티븐 호킹은 몸이 불편해지자, 장애인들의 힘든 생활에도 관심을 갖게 되었어요.

　"외출하기가 너무 힘들군. 다른 장애인들도 무척 힘들겠지?"

　스티븐 호킹과 제인은 장애인을 위한 복지[*] 정책을 펴 달라는 시위에 참가했어요.

　스티븐 호킹을 알아본 사람들은 말을 걸기고 하고, 휠체어 옮기는 일을 도와주기도 했어요. 스티븐 호킹의 몸은 가벼웠지만 휠체어는 매우 무거웠어요.

　"어이쿠, 꽤 무겁군요."

　도와주던 사람들이 말했어요. 그러면 제인은 늘 이렇게 대답했답니다.

　"내 남편은 머리가 아주 무거워요. 머릿속에 온 우주가 들어 있거든요."

　제인의 재치 있는 대답에 사람들은 크게 웃었어요. 시위에 참가한 많은 사람들의 노력으로 장애인을 위한 시설도 점차 늘어났지요.

※ 복지: 행복한 삶.

1. '스티븐 호킹의 머릿속에 온 우주가 들어 있다.'는 말의 뜻으로 알맞은 것은 어느 것인가요? (   )

① 스티븐 호킹의 머리가 우주처럼 크다는 뜻

② 스티븐 호킹이 늘 우주에 대한 생각을 한다는 뜻

③ 스티븐 호킹이 무슨 생각을 하는지 알 수 없다는 뜻

④ 스티븐 호킹의 머릿속에 실제 우주가 들어 있다는 뜻

⑤ 스티븐 호킹의 머릿속은 우주처럼 텅 비어 있다는 뜻

2. 다음 중 장애인을 위한 시설이 <u>아닌</u> 것은 어느 것인가요? (   )

① 점자 도서관   ② 수화 통역 센터

③ 나무로 만든 계단   ④ 계단 옆의 경사로

⑤ 장애인 전용 주차 구역

3. 스티븐 호킹을 알아본 사람들은 말을 걸기도 하고, 휠체어 옮기는 일을 도와주기도 했습니다. 이처럼 여러분이 일상생활에서 장애인을 도와줄 수 있는 방법에는 무엇이 있을지 써 보세요.

1974년 옥스퍼드의 한 연구소에서 학술회의가 열렸어요. 과학자들이 모여 그동안 연구한 것에 대해 발표하고 토의하는 자리였지요.

스티븐 호킹도 불편한 몸을 휠체어에 의지하고 학술회의에 참가했어요. 목소리가 제대로 나오지 않았지만 차분히 자신의 연구 결과에 대해 발표했지요.

"그동안 우주의 블랙홀은 모든 것을 빨아들인다고 알려졌습니다. 그러나 연구해 보니, 블랙홀은 에너지를 내뿜기도 합니다. 그러면서 점점 수축하다 마침내 사라지는 것입니다."

스티븐 호킹의 발표가 끝나자, 과학자들은 어리둥절한 표정을 지었어요.

"목소리가 개미처럼 작아서 대체 무슨 소리를 하는지 모르겠어."

"황당하군. 저런 엉뚱한 이론은 처음 들어."

사람들은 스티븐 호킹의 몸이 불편한 것을 비꼬기도 하고, 아예 연구 결과를 무시하기도 했어요. 낯선 연구 결과를 받아들이지 못했던 거예요.

그러나 스티븐 호킹은 실망하지 않았어요. 자신의 연구 결과에 확신이 있었거든요. 스티븐 호킹은 더 많은 사람에게 블랙홀에 대한 연구 결과를 알리기로 마음먹었어요.

＊ **학술회의**: 학문의 이론을 발표하고 토론하는 회의.

1. 스티븐 호킹이 주장한 블랙홀에 관한 설명으로 알맞은 것 두 가지를 고르세요. (   )

① 블랙홀은 팽창만 한다.
② 블랙홀은 절대 사라지지 않는다.
③ 블랙홀은 에너지를 내뿜기도 한다.
④ 블랙홀은 모든 것을 빨아들이기만 한다.
⑤ 블랙홀은 점점 수축하다 마침내 사라진다.

▲ 블랙홀

2. 스티븐 호킹이 참가한 학술회의에서 일어난 일이 <u>아닌</u> 것은 어느 것인가요?
(   )

① 사람들은 스티븐 호킹의 연구 결과를 무시했다.
② 스티븐 호킹이 블랙홀에 대한 이론을 발표했다.
③ 스티븐 호킹은 휠체어를 타고 연구 결과를 발표했다.
④ 사람들은 스티븐 호킹의 블랙홀 이론에 큰 찬사를 보냈다.
⑤ 사람들은 스티븐 호킹의 몸이 불편한 것을 두고 비꼬는 말을 했다.

3. 사람들은 스티븐 호킹의 낯선 연구 결과를 받아들이지 못했어요. 보기 를 읽고, 낯선 연구 결과에도 귀 기울여야 하는 까닭이 무엇인지 써 보세요.

보기 먼 옛날 사람들은 '태양이 지구 주위를 돈다'는 천동설을 믿었지만 코페르니쿠스는 '지구가 태양 주위를 돈다'는 지동설을 주장했다. 그리고 이후 여러 과학자들의 노력으로 지동설이 옳다는 것이 증명되었다.

　스티븐 호킹은 학술회의에서 발표한 논문을 과학 잡지 "네이처"에 보냈어요. "네이처"는 세계적으로 권위 있는 과학 잡지예요. 매우 엄격한 심사를 거쳐 논문을 싣거든요. 이 잡지에 논문이 실리면 과학자로서 인정받게 되지요. 그러나 "네이처"는 스티븐 호킹의 논문을 실을 수 없다고 했어요.

　'음, 아무래도 내게 편견을 가진 심사 위원이 있는 모양이군. 하지만 이대로 포기할 수는 없지.'

　스티븐 호킹은 포기하지 않고 다시 한번 심사를 요청했어요. 그리고 마침내 블랙홀에 관한 스티븐 호킹의 논문이 "네이처"에 실렸어요. 스티븐 호킹의 블랙홀 이론을 본 세계 곳곳의 과학자들은 크게 흥분했어요.

　"대단해! 정말 놀라운 이론이야."

　"음, 충분히 가능한 주장이야. 스티븐 호킹은 대단한 과학자로군."

　스티븐 호킹은 뛰어난 천재 과학자로 인정받게 되었어요. 영국에서 권위 있는 과학 단체로 알려진 영국 왕립학회 회원으로 임명되었고, '제2의 아인슈타인'이라는 별명까지 얻었답니다.

＊ **권위**: 일정한 분야에서 사회적으로 인정을 받고 영향력을 끼칠 수 있는 위엄과 신망.

1. 다음 중 "네이처"에 대한 설명으로 알맞지 <u>않은</u> 것은 무엇인가요? (   )

① 논문을 싣는 잡지이다.

② 권위 있는 과학 잡지이다.

③ 모든 논문을 다 실어 주는 잡지이다.

④ 매우 엄격한 심사를 거쳐 논문을 싣는 잡지이다.

⑤ 이 잡지에 논문이 실리면 과학자로서 인정받게 된다.

1주 3일
학습 끝!

붙임 딱지 붙여요.

2. 스티븐 호킹은 권위 있는 과학 단체인 영국 왕립학회 회원으로 임명되었습니다. 그렇다면 다음 보기 에서 설명하는 단체는 무엇인가요? (   )

> 보기
> • 사회 전체의 이익을 위해 시민들이 스스로 만든 집단이다.
> • 정치, 경제, 환경, 교육 등 여러 분야에서 다양한 활동을 한다.
> • '정부와 관련이 없는 기구'라는 뜻에서 'NGO'라고 부르기도 한다.

① 기업   ② 정당   ③ 종교 단체   ④ 지역 단체   ⑤ 시민 단체

3. 스티븐 호킹이 '제2의 아인슈타인'이라는 별명을 얻게 된 까닭은 스티븐 호킹이 아인슈타인처럼 과학 분야에서 뛰어났기 때문입니다. 여러분도 스티븐 호킹에게 어울리는 별명을 붙여 주고, 그 별명을 붙인 까닭을 써 보세요.

(1) 별명:

(2) 까닭:

▲ 스티븐 호킹

　1985년 스티븐 호킹은 건강이 크게 나빠졌어요. 학술회의에 참가하기 위해 스위스 제네바로 갔는데 그곳에서 폐렴에 걸린 거예요. 건강 상태는 몹시 심각했어요. 스티븐 호킹은 정신을 잃은 채 제대로 숨도 쉴 수 없었지요.

　스티븐 호킹의 소식을 들은 아내 제인은 황급히 제네바로 향했어요.

　"이게 대체 어떻게 된 일인가요? 스티븐이 얼마나 아픈 거죠?"

　"생명까지 위태로운 상황입니다. 어떻게 될지 장담하기 어렵군요."

　의사의 말에 제인은 밤낮을 가리지 않고 정성을 다해 간호했어요. 의사들도 뛰어난 과학자를 잃지 않기 위해 애썼지요. 많은 사람의 정성과 노력 덕분에 스티븐 호킹은 차츰 건강을 회복했어요. 그러나 그것도 잠시, 다시 상태가 나빠져 기관지염까지 겹쳤어요. 결국 기관지 절제＊ 수술을 받아야만 했답니다.

　힘겨운 수술을 마친 스티븐 호킹은 가까스로 목숨을 건질 수 있었어요. 그러나 기관지를 잃어 더 이상 말을 할 수 없게 되었어요.

　'개미 소리처럼 작고 더듬거리더라도 말을 할 수 있으면 좋으련만. 손가락도 겨우 두 개밖에 움직일 수 없는데, 이런 몸으로 연구를 계속할 수 있을까?'

　스티븐 호킹에게 다시 커다란 시련이 찾아왔어요.

＊ 절제: 잘라 냄.

🐰 언어 1. 이 글에서 스티븐 호킹에게 찾아온 시련은 무엇인가요? (   )

① 갑작스럽게 부모님이 돌아가신 것

② 과학 잡지에 논문을 실을 수 없게 된 것

③ 다른 과학자들이 스티븐의 연구 결과를 비난한 것

④ 기관지 절제 수술을 받아서 더 이상 말을 할 수 없게 된 것

⑤ 제인의 건강이 몹시 나빠져서 함께 시간을 보낼 수 없게 된 것

🐰 과학 탐구 2. 스티븐 호킹은 폐렴에 걸렸고 기관지 절제 수술도 받았습니다. 다음 중 우리 몸의 폐와 기관지에 관한 설명으로 알맞지 <u>않은</u> 것은 무엇인가요? (   )

① 폐와 기관지는 소화 기관이다.

② 폐는 양쪽 가슴에 하나씩 있다.

③ 폐는 수많은 허파 꽈리로 이루어져 있다.

④ 기관지 끝에 달려 있는 허파 꽈리에서 가스를 교환한다.

⑤ 코를 통해 들어온 공기는 기관지를 거쳐 폐로 들어간다.

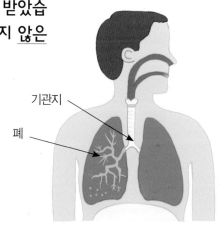

기관지

폐

🐰 논술 3. 몸이 불편한 스티븐 호킹은 기관지 절제 수술로 목소리까지 잃게 되자 우주에 관한 연구를 계속하기 힘들다고 생각했습니다. 이러한 상황에서 스티븐 호킹은 연구를 계속할 수 있을까요? 여러분의 생각을 써 보세요.

기관지 절제 수술을 한 뒤, 스티븐 호킹은 혼자 힘으로는 자신의 생각을 표현할 수 없게 되었어요. 누군가가 앞에서 철자를 하나하나 가리키다가 스티븐 호킹이 원하는 철자가 나오면, 스티븐 호킹은 눈썹을 위로 올렸어요. 그러다 보니 한 단어, 한 문장을 만드는 데도 많은 시간이 걸렸지요.

그런 식으로 사람들과 대화를 나누는 것은 무척 힘든 일이었어요. 연구를 하고, 학술 논문을 쓰는 일은 더더욱 어려웠지요.

그러던 어느 날, 반가운 소식이 찾아왔어요. 한 컴퓨터 전문가가 글자를 소리로 바꿀 수 있는 음성 합성기를 개발했다는 소식이었지요. 가족들은 컴퓨터 전문가에게 도움을 청했어요. 컴퓨터 전문가는 스티븐 호킹을 위해 기꺼이 자신이 개발한 장치를 보내 주었어요.

"화면을 보고 손에 쥔 스위치를 누르면 글자를 선택할 수 있습니다. 그러면 기계가 낱말을 소리로 바꿔 줍니다. 이 음성 합성기는 당신의 목소리가 되어 줄 거예요."

음성 합성기 덕분에 스티븐 호킹은 자신의 생각을 표현하고, 사람들과 이야기도 나눌 수 있게 되었어요. 우주 연구도 다시 시작했지요.

※ **개발**: 새로운 물건을 만들거나 새로운 생각을 내어놓음.

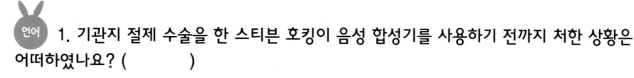

언어 1. 기관지 절제 수술을 한 스티븐 호킹이 음성 합성기를 사용하기 전까지 처한 상황은 어떠하였나요? (   )

① 철자를 손으로 써서 사람들과 대화했다.

② 그리 오래 걸리지 않아 철자를 쓰게 되었다.

③ 혼자 힘으로는 자신의 생각을 표현할 수 없었다.

④ 아는 것이 많아서 학술 논문을 쓰는 것만큼은 수월하게 했다.

⑤ 사람들과 대화를 나누기는 어려웠지만 연구하는 일은 괜찮았다.

사회 탐구 2. 스티븐 호킹이 음성 합성기를 사용하게 된 것처럼 장애인을 위한 첨단 제품이 개발되고 있습니다. 보기 에서 설명하는 제품과 기호가 알맞게 연결된 것은 무엇인가요?

(   )

보기 ㉠ 청각 장애인이 텔레비전을 볼 때 방송 내용을 이해하는 데 도움을 줌.
      ㉡ 시각 장애인을 위해 만들어진 것으로 음성으로 컴퓨터 화면을 읽어 줌.
      ㉢ 몸이 불편하여 움직이기 힘든 지체 장애인을 위해 개발됨.

① ㉠-카메라   ② ㉡-자막 방송   ③ ㉢-전동 휠체어
④ ㉠-전자레인지   ⑤ ㉢-음성 인식기

논술 3. 음성 합성기 덕분에 스티븐 호킹은 사람들과 이야기를 나눌 수 있었습니다. 사람들이 편리하게 생활할 수 있도록 새로운 기계를 개발한다면 여러분은 어떤 것을 만들지 쓰고, 그 기계에 대해서 자세히 설명하는 글을 써 보세요.

1988년 스티븐 호킹은 우주에 관한 책 "시간의 역사"를 펴냈어요. 우주에 대한 자신의 생각과 그동안의 연구 내용을 담은 책이지요. 이 책은 일반 사람들도 읽을 수 있도록 쉽게 쓴 것으로, 출간되자마자 큰 인기를 끌었어요. 30개국의 언어로 번역되어 천만 권 이상이 팔려 나갔지요. 스티븐 호킹은 여기에 그치지 않고 세계 곳곳을 방문해 우주에 대한 강연을* 했어요. 우리나라에도 1990년과 2000년에 다녀갔답니다.

사람들은 스티븐 호킹에게 왜 불편한 몸으로 힘든 연구를 계속하는지 물었어요. 그러자 스티븐 호킹은 이렇게 말했지요.

"불치병에 걸려 얼마 살지 못한다는 이야기를 들었을 때, 나는 내가 하고 싶은 일이 얼마나 많은지 깨달았습니다. 그래서 마지막 순간까지 연구를 계속하기로 마음먹었지요. 삶이 아무리 최악의 상황일지라도 이겨 낼 수 있습니다. 삶이 계속되는 한 희망은 언제나 함께하니까요."

스티븐 호킹은 온몸의 근육이 마비되는 병마에 시달렸지만, 생각만큼은 누구보다 자유롭게 우주를 여행했어요. 그는 마지막 순간까지 인류의 미래를 걱정하고 우주의 비밀을 밝히기 위해 노력했지요. 그러다 2018년 3월 14일에 세상을 떠났어요.

* 강연: 일정한 주제로 청중 앞에서 이야기함.

1. "시간의 역사"에 대한 설명으로 알맞지 <u>않은</u> 것은 무엇인가요? (   )

① 우주에 관한 책이다.

② 출간되자마자 큰 인기를 끌었다.

③ 30개국의 언어로 번역되어 팔려 나갔다.

④ 우주를 연구하는 과학자만 읽을 수 있는 책이다.

⑤ 우주에 대한 스티븐 호킹의 생각과 연구 내용을 담았다.

1주 4일
학습 끝!

붙임 딱지 붙여요.

 2. 스티븐 호킹이 한 다음의 말을 잘 이해한 친구는 누구인가요? (   )

"삶이 아무리 최악의 상황일지라도 이겨 낼 수 있습니다. 삶이 계속되는 한 희망은 언제나 함께하니까요."

① 최악의 상황은 절대 이겨 낼 수 없다는 말이야.

② 최악의 상황에 처한다면 모든 것을 포기하라는 말이야.

③ 최악의 상황에서는 희망을 가질 수 없다는 말이야.

④ 삶이 계속되는 한 최악의 상황은 꼭 온다는 말이야.

⑤ 어려운 일이 있어도 절대 희망을 잃지 말라는 말이야.

 3. 여러분이 스티븐 호킹에게 배울 점을 써 보세요.

1 다음 낱말 중 움직임을 나타내는 것이 <u>아닌</u> 것은 무엇인가요? (   )

① 선수로 <u>활약하다</u>.　　　　② 성적이 <u>우수하다</u>.
③ 노를 힘차게 <u>젓다</u>.　　　　④ 배에 여럿이 <u>타다</u>.
⑤ 푸른 물살을 <u>가르다</u>.

2 다음은 스티븐 호킹의 생애를 시간의 흐름에 따라 정리한 것입니다. 순서에 따라 빈칸에 들어갈 내용을 보기 에서 골라 써넣으세요.

> 보기
> • 음성 합성기의 도움으로 어려움을 극복했다.
> • 루게릭병에 걸렸다는 이야기를 들었다.
> • 1974년 옥스퍼드의 학술회의에서 블랙홀에 관한 연구 결과를 발표했다.

• 1942년 1월 8일, 영국 옥스퍼드에서 태어났다.
• 세계에서 손꼽히는 명문 대학인 옥스퍼드 대학교 물리학과에 입학했다.
• 본격적으로 우주를 연구하기 위해 케임브리지 대학원에 진학했다.

(1)

• 많은 사람의 축복 속에 제인과 결혼식을 올렸다.

(2)

• 건강이 크게 나빠져 기관지 절제 수술을 받았고, 말을 할 수 없게 되었다.

(3)

• 1988년에 우주에 관한 책 "시간의 역사"를 펴냈고, 이 책은 세계적인 베스트셀러가 되었다.

3 스티븐 호킹에 관한 설명으로 맞으면 ◯표를, 틀리면 ✕표를 하세요.

(1) 어린 시절 친구들 사이에서 머리 좋은 아이로 통했다. (　　　)

(2) 대학교를 졸업할 때까지 테니스 선수로 크게 활약했다. (　　　)

(3) 몸이 점점 불편해져 휠체어 없이는 움직일 수 없게 되었다. (　　　)

(4) 장애인들을 위한 복지 정책을 펴 달라는 시위에 참가했다. (　　　)

(5) 블랙홀에 관한 논문이 "네이처"에는 끝내 실리지 못했다. (　　　)

(6) '제2의 아인슈타인'이라는 별명을 얻게 되었다. (　　　)

(7) 글자를 소리로 바꿀 수 있는 음성 합성기를 개발했다. (　　　)

(8) 세계 곳곳을 방문하여 우주에 대한 강연을 했다. (　　　)

4 스티븐 호킹은 폐렴에 기관지염까지 겹쳤습니다. 다음에서 이와 같은 상황을 표현한 속담은 어느 것인가요? (　　　)

① 티끌 모아 태산　　　　　　　　② 엎친 데 덮친다.

③ 백지장도 맞들면 낫다.　　　　　④ 천 리 길도 한 걸음부터

⑤ 바늘 도둑이 소도둑 된다.

5 스티븐 호킹에 대한 이야기를 읽고 궁금한 점이나 하고 싶은 말, 느낀 점 등을 담아서 스티븐 호킹에게 편지글을 써 보세요.

궁금해요

우주의 신비

스티븐 호킹은 블랙홀에 관한 이론을 발표한 뒤, 세계적인 과학자로 인정받게 되었어요. 그렇다면 블랙홀이 무엇인지, 블랙홀과 같은 신비로운 천체로 가득한 우주가 어떻게 생겨났는지 지금부터 함께 알아볼까요?

블랙홀이 뭘까요?

블랙홀(black hole)은 우리말로 '검은 구멍'이라는 뜻이에요. 블랙홀이 어떻게 생겨났는지에 대해서는 여러 가지 견해가 있어요. 그 가운데 널리 알려진 것은 수명을 다한 별이 폭발한 뒤, 별의 중심에 남아 있던 물질이 엄청난 압력을 받아 수축되어 블랙홀이 된다는 거예요.

블랙홀이 검은 구멍으로 불리게 된 까닭은 물체가 구멍에 빠지듯, 블랙홀 속으로 모든 것이 빠지기 때문이에요. 정확히 말하면 블랙홀은 주위에 있는 모든 것을 빨아들인답니다. 그 힘이 얼마나 강한지 우주선이나 운석은 물론 빛까지 빨아들이지요. 그동안 과학자들은 블랙홀이 주위에 있는 것을 빨아들이기만 한다고 생각했어요. 또 밝은 빛도 빨아들이기 때문에 블랙홀이 이름처럼 어둡고 검다고 생각했어요. 그러나 스티븐 호킹은 연구를 통해 블랙홀이 빨아들이기만 하는 것이 아니라 빛이나 작은 입자, 에너지를 내뿜기도 한다는 사실을 알아냈어요. 또한 빛을 가지고 있기 때문에 칠흑처럼 검은색은 아니라고 했답니다.

블랙홀로 빨려들어간 뒤에는 어떻게 될까요?

블랙홀 속으로 들어간 물체는 어떻게 될까요? 과학자들은 물체를 빨아들이는 구멍이 있다면, 빨아들인 물체를 내뱉는 구멍도 있을 것이라고 생각했어요. 그 구멍의 이름을 '하얀 구멍'이라는 뜻의 '화이트홀(white hole)'이라고 붙였지요. 또 블랙홀과 화이트홀을 연결하는 통로가 있을 것이라고 생각하며, 그 통로에 '웜홀'이라는 이름을 붙였답니다. 웜홀은 '벌레 구멍'이라는 뜻이에요. 그럼 블랙홀로 빨려들어간 물체는 웜홀을 지나 화이트홀로 나오느냐고요? 안타깝지만 이 이론은 아직 증명되지 못했어요. 블랙홀로 들어간 물체가 어떻게 되는지는 아직까지 아무도 알 수 없답니다.

우주는 어떻게 생겨났을까요?

우주의 기원에 대한 견해는 '정상 우주론'과 '빅뱅 이론'으로 나눌 수 있어요. '정상 우주론'은 간단히 말해서 우주는 시작도 끝도 없으며 우주가 팽창해도 우주 전체의 밀도는 변하지 않는다는 이론이에요.

사람들은 오랫동안 '정상 우주론'을 받아들이고 믿었어요. 그러나 20세기 초반에 '빅뱅 이론'이 등장하면서 현재는 '빅뱅 이론'이 더 가능성 있는 우주 기원설로 인정받고 있어요. 스티븐 호킹도 '빅뱅 이론'이 더 가능성이 있다고 주장하며 이를 뒷받침하는 많은 연구 결과를 발표했지요.

우주 대폭발, 빅뱅

'빅뱅 이론'은 지금으로부터 약 130억 년 전 아주 작은 입자(알갱이)가 폭발하면서 우주가 만들어졌다는 이론이에요. 이 입자는 맨눈으로는 볼 수 없을 만큼 작고, 엄청나게 뜨거우며, 밀도가 매우 높았다고 해요.

폭발의 위력은 엄청났답니다. 그야말로 대폭발이었지요. 이 폭발로 우주 먼지가 만들어지고, 그 우주 먼지들이 뭉쳐져서 별과 은하가 만들어졌답니다. 또 이 폭발의 힘 때문에 우주는 아직도 계속 팽창하고 있다고 해요.

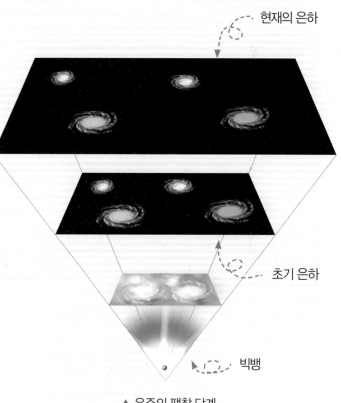

현재의 은하

초기 은하

빅뱅

▲ 우주의 팽창 단계

✎ 스티븐 호킹의 주장에 따르면 블랙홀은 검은색이 아닙니다. 그 까닭을 써 보세요.

내가 할래요

스티븐 호킹은 어떤 꿈을 꿀까요?

스티븐 호킹은 루게릭병으로 몸을 움직일 수 없는 데다가 목소리까지 잃었지만 좌절하지 않고 우주 연구에 온 힘을 기울여서 세계적인 과학자가 되었습니다. 비록 몸은 불편하지만 꿈은 드넓은 우주를 향해 있는 것이지요. 다음과 같이 태양계의 각 행성에 스티븐 호킹의 꿈을 하나씩 상상해서 써 보세요.

확인할 내용	잘함	보통임	부족함
1. 이번 수 학습을 5일(월요일~금요일) 안에 끝마쳤나요?			
2. 스티븐 호킹이 어떤 사람인지 이해하였나요?			
3. 등장인물의 마음이 되어 상상하기를 잘할 수 있나요?			
4. 신비로운 우주에 대해 설명을 잘할 수 있나요?			

전하는 말

2주

80일간의
세계 일주

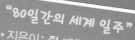

"80일간의 세계 일주"

• 지은이: 쥘 베른(1828~1905) 프랑스의 소설가. "15소년 표류기", "해저 2만 리" 등을 썼으며, '공상 과학 소설의 아버지'로 불림.

• 작품 설명: 1872년 영국 런던에서 사는 필리어스 포그는 80일 안에 세계 일주가 가능하다고 장담한 뒤, 혁신 클럽 회원들과 내기를 하고 직접 세계 일주에 나섰어요. 포그와 덤벙대지만 충직한 하인 파스파르투, 그리고 밀림에서 구출한 아우다가 80일 안에 세계 일주를 무사히 마치고 영국으로 돌아올 수 있을까요?

생각톡톡 비행기가 없던 시절에는 세계 일주를 할 때 어떤 교통수단을 이용하였을지 다음 보기에서 찾아 쓰세요.

보기 말 배 로켓 기차 지하철   (   )

관련교과 **[국어 6-1]** 이야기의 흐름을 파악하며 읽기, 인물 사이의 갈등 이해하기
[사회 6-2] 세계의 자연과 문화에 대해 알기, 세계화 시대의 우리 생활에 대해 알기

80일간의 세계 일주

1872년 영국 런던에 사는 필리어스 포그는 베일에 가려진 신사였다.

포그가 언제부터 런던에 살았는지, 어떻게 부자가 되었는지는 아무도 알지 못했다. 하지만 포그의 생활은 매우 단순한 편이었다. 매일 '혁신 클럽'에 나가 신문을 읽고 카드놀이를 하는 것이 생활의 전부였다.

집을 나선 포그는 정확히 오른발을 575번, 왼발을 576번 내디뎌 혁신 클럽에 도착했다. 그리고 여느 날처럼 신문을 읽은 뒤 혁신 클럽 회원들과 카드놀이를 하며 이야기를 나누었다. 그날의 화제는 영국 은행에서 일어난 도난 사건이었다. 도둑은 55,000파운드라는 큰돈을 훔쳐 감쪽같이 사라졌다.

"도둑은 벌써 멀리 도망갔을 걸세. 세계가 좀 넓어?"

"이제 세계는 많이 좁아졌네. 석 달이면 세계를 한 바퀴 돌 수……."

"정확히 80일이네."

회원들의 이야기를 듣고 있던 포그가 자신 있게 말했다.

"이론상으로야 그렇지. 하지만 실제로는 불가능해."

옥신각신하던 포그와 혁신 클럽 회원들은 결국 내기를 하게 되었다.

"좋아. 내가 직접 세계 일주를 하겠네. 성공하지 못하면 20,000파운드를 내겠어."

포그는 의심하는 회원들에게 작별 인사를 하고는 혁신 클럽을 나섰다.

※ 혁신: 묵은 풍속, 관습, 조직, 방법 따위를 완전히 바꾸어서 새롭게 함.

1. 이 글의 내용으로 알맞지 <u>않은</u> 것은 무엇인가요? (   )

① 포그는 영국 런던에 살았다.

② 포그는 베일에 가려진 신사였다.

③ 포그는 매일 혁신 클럽에 나가서 카드놀이를 했다.

④ 혁신 클럽 회원들 사이에서는 비행기 발명 소식이 화제였다.

⑤ 포그는 세계 일주에 관한 문제로 혁신 클럽 회원들과 내기를 했다.

2. 오늘날 세계는 매우 가까워졌습니다. 멀리 떨어진 나라들을 가깝게 만든 까닭이 <u>아닌</u> 것은 무엇인가요? (   )

①

교통 발달

②

화폐 발행

③

무역 확대

④

통신 발달

3. 포그는 혁신 클럽 회원들에게 80일 만에 세계 일주를 해 보이겠다고 했습니다. 이런 포그의 행동에 대해 여러분은 어떻게 생각하는지 써 보세요.

"장 파스파르투!"

집으로 돌아온 포그는 큰 소리로 하인을 찾았다.

"아니, 자정에 오신다더니 이렇게 일찍 웬일이십니까?"

하인 파스파르투가 놀란 얼굴로 뛰어나오며 물었다.

"지금부터 10분 뒤 우리는 세계 일주를 떠날 걸세. 간단하게 여행 가방을 꾸리게. 단 1초도
지체할 시간이 없으니 빨리 서둘러야 해."

"느닷없이 세계 일주라니 대체 무슨 일이람."

파스파르투는 투덜거리며 여행 가방을 꾸렸다.

10월 2일 수요일 밤 8시 45분, 포그는 파스파르투를 데리고 세계 일주를 시작했다. 80일
뒤인 12월 21일 토요일 저녁 8시 45분까지는 런던으로 다시 돌아와야 했다.

포그가 세계 일주를 떠났다는 소문은 온 런던에 금세 퍼져 나갔다. 사람들은 저마다 포그
의 성공과 실패를 점치며 이야기꽃을 피웠다. 그러나 단 한 사람, 픽스 형사만은 포그의 소
문을 듣고 다른 생각을 했다.

'베일에 가려진 신사가 갑자기 세계 여행을 떠난다고? 뭔가 수상해.'

픽스는 포그가 은행의 돈을 훔쳐 도망친 도둑이라고 확신한 뒤, 포그를 체포하기 위해 부
랴부랴 뒤를 쫓았다.

언어 1. 포그가 세계 일주를 떠난 뒤에 일어난 일로 알맞지 <u>않은</u> 것은 무엇인가요?

(   )

① 세계 일주를 떠났다는 소문이 금세 퍼졌다.

② 사람들은 저마다 포그의 성공과 실패를 점쳤다.

③ 사람들은 포그의 세계 일주로 이야기꽃을 피웠다.

④ 포그의 소문을 듣고 픽스 형사는 포그가 수상하다고 생각했다.

⑤ 픽스 형사는 포그가 80일간의 세계 일주에 성공할 것이라고 생각했다.

사회 탐구 2. 포그는 파스파르투와 세계 일주를 떠났습니다. 다음 중 오늘날 세계의 모습에 대한 설명으로 알맞지 <u>않은</u> 것은 무엇인가요? (   )

① 과학이 크게 발달하여 우주 탐험이 가능해졌다.

② 세계 곳곳에서 사람들이 전쟁과 기아에 시달리고 있다.

③ 과학 기술의 발달로 물 부족 문제를 완전히 해결하였다.

④ 세계 여러 나라가 다른 나라와 경제적인 교류를 하고 있다.

⑤ 세계 곳곳에서 엘니뇨, 라니냐 같은 기상 이변이 일어나고 있다.

논술 3. 포그는 파스파르투와 함께 간단한 여행 가방을 꾸려 세계 일주를 떠났습니다. 여러분이 80일간 세계 일주를 한다면 누구와 함께 가고 싶은지 써 보세요. 또 꼭 가져가고 싶은 물건 세 가지와 그 물건들을 가져가고 싶은 까닭도 써 보세요.

(1) 함께 가고 싶은 사람: _____

(2) 가져가고 싶은 물건과 그것을 가져가고 싶은 까닭

물건	까닭

영국 런던을 출발한 포그 일행은 프랑스의 파리, 이탈리아의 토리노, 이집트의 수에즈 운하를 차례로 지났다. 여행은 순조로웠다. 수에즈 항구를 출발한 배는 좋은 날씨 덕분에 예상보다 이틀 빠른 10월 20일에 인도 뭄바이에 닿았다. 난생처음으로 인도에 온 파스파르투는 다음 목적지로 출발하기 전까지 뭄바이 거리를 둘러보고 싶었다.

"주인님, 기차를 기다리는 동안 저와 거리 구경을 하지 않으실래요?"

"난 됐네. 여기서 카드놀이나 하겠어. 이따가 기차역에서 만나세."

호기심에 가득 찬 파스파르투와 달리 포그는 무덤덤한 목소리로 말했다. 그리하여 결국 파스파르투 혼자 뭄바이 거리 구경을 나섰다.

때마침 그날은 조로아스터교* 축제일이었다. 거리에는 사람들의 행렬이 이어지고, 금실, 은실로 수놓은 옷을 입은 여인들은 음악에 맞춰 춤을 추었다. 파스파르투는 즐겁게 축제를 구경했다.

한편, 픽스 형사는 계속 포그를 뒤쫓고 있었다. 그러나 번번이 코앞에서 포그를 놓치고 말았다. 포그를 붙잡아도 된다는 체포 영장이 제때에 도착하지 않았기 때문이다. 포그와 파스파르투가 느긋하게 여행을 즐기는 동안에도 픽스 형사는 체포 영장을 기다리느라 발을 동동 굴렀다.

＊ **조로아스터교**: 기원전 6세기 무렵 페르시아의 조로아스터가 만든 종교. 선한 신을 상징하는 해와 불을 신성하게 여김.

1. 픽스 형사가 번번이 포그를 체포하지 <u>못한</u> 까닭은 무엇인가요? (   )

① 카드놀이에 푹 빠져 있었기 때문에

② 조로아스터교의 축제를 구경하느라고

③ 고운 옷을 입은 여인들과 춤을 추느라고

④ 체포 영장이 제때에 도착하지 않았기 때문에

⑤ 포그가 픽스를 피해 요리조리 도망쳤기 때문에

2주 1일
학습 끝!

붙임 딱지 붙여요.

 2. 포그 일행은 인도 뭄바이에 도착했습니다. 다음 중 인도에 대한 설명으로 알맞은 것 두 가지를 고르세요. (   )

① 세계에서 가장 작은 나라이다.

② 세계에서 인구가 가장 많은 나라이다.

③ 베르사유 궁전과 에펠 탑으로 유명하다.

④ 인도 사람의 대부분은 힌두교를 믿는다.

⑤ 대륙별로 분류했을 때 아시아에 속한다.

▲ 인도의 타지마할

3. 파스파르투는 조로아스터교의 축제를 구경했습니다. 만약 여러분이 축제를 연다면 어떤 축제를 열고 싶은지 그 까닭과 함께 써 보세요.

49

"어이쿠, 이제 기차역으로 가야 할 시간이군."

축제를 구경하던 파스파르투는 서둘러 발길을 옮겼다. 그런데 길을 가던 파스파르투의 눈을 확 사로잡는 것이 있었다. 웅장한 인도 사원*이었다.

"우아, 멋진걸. 사원 안도 보고 싶은데, 잠깐 구경해도 되겠지?"

파스파르투는 성큼성큼 사원 안으로 걸어 들어가서 화려한 금빛 조각상들을 넋을 잃고 바라보았다.

그때였다. 승려들이 다짜고짜 달려들더니 파스파르투를 사원 바닥에 내동댕이쳤다. 그러고는 파스파르투의 신발을 벗기며 호통을 쳤다. 하지만 인도 말을 모르는 파스파르투는 승려들이 왜 그러는지 도무지 알 수가 없었다. 사실 승려들이 화를 낸 이유는 파스파르투가 신발을 신고 사원에 들어왔기 때문이다. 인도 사원에 들어갈 때는 신발을 벗는 것이 예의인데 파스파르투가 몰랐던 것이다.

파스파르투는 맨발로 사원 밖으로 도망쳐 나왔다. 쫓아오는 승려들을 따돌리고 간신히 기차역에 닿았을 때는 몰골이 엉망이었다.

"아슬아슬하게 도착했군. 그런데 모자와 신발, 가방은 다 어쨌나?"

포그의 말에 파스파르투는 고개를 설레설레 저으며 대답했다.

"아이고, 말도 마세요. 사원을 구경하다 난데없이 혼쭐이 났지 뭡니까."

* **사원**: 천주교 · 그리스도교 · 회교 등의 교당.

1. 승려들이 파스파르투의 신발을 벗기며 호통을 친 까닭은 무엇인가요? (   )

① 사원에서 신는 신발은 따로 있었기 때문에

② 파스파르투가 인도 말을 알아듣지 못했기 때문에

③ 파스파르투가 금빛 조각상을 함부로 만졌기 때문에

④ 사원에 들어갈 때는 신발을 벗는 것이 예의였기 때문에

⑤ 파스파르투가 승려들에게 예의 없이 장난을 쳤기 때문에

2. 파스파르투는 신발을 신고 사원에 들어갔다가 혼쭐이 났습니다. 다음 중 각 종교에서 강조하는 규율이나 덕목이 <u>아닌</u> 것은 무엇인가요? (   )

① 유교에서는 효도와 충성을 중요하게 여긴다.

② 힌두교에서는 소를 신성하게 여긴다.

③ 이슬람교에서는 돼지고기를 먹지 않는다.

④ 불교에서는 생명을 소중히 여기지 않는다.

⑤ 크리스트교에서는 사랑의 실천을 강조한다.

3. 파스파르투처럼 어떤 종교 의식이 행해지는 곳에 갔을 때 그 종교를 믿지 않더라도 그 규율을 지켜야 하는지, 또는 지키지 않아도 되는지에 대해서 여러분의 생각을 써 보세요.

51

10월 20일, 뭄바이를 출발한 기차는 인도 동쪽에 있는 도시 콜카타를 향해 달렸다. 그런데 이틀 뒤, 기차가 속력을 줄이더니 숲속 작은 마을 근처에 멈춰 섰다.

"승객 여러분! 모두 내리십시오. 여기서부터는 철길이 없습니다."

"무슨 소리오? 우리는 콜카타까지 가는 표를 끊었소."

파스파르투가 따졌지만 차장은 철길이 아직 다 연결되지 않아 어쩔 수 없다고 했다. 기차가 다니는 다음 마을까지는 각자 알아서 가야만 했다. 승객들은 앞다투어 마을에 있는 탈것들을 차지했다. 차장에게 항의하느라 뒤늦게 출발한 포그 일행이 마을에 도착했을 때는 탈것이 남아 있지 않았다. 그때 파스파르투가 머뭇거리며 말했다.

"저…… 주인님, 코끼리를 타고 가는 것은 어떨까요?"

이렇게 해서 포그 일행은 안내인의 도움을 받으며 코끼리를 타고 울창한 밀림을 헤치고 나아갔다. 시간을 줄이기 위해 숲을 가로지르는 길을 택한 것이다. 그런데 잘 가던 코끼리가 갑자기 우뚝 멈춰 서더니 꼼짝도 하지 않았다.

잠시 뒤, 구슬픈 노래가 들리더니 긴 옷을 입은 사람들이 커다란 조각상과 족장의 시체를 태운 가마를 메고 나타났다. 장례 행렬이었다. 그런데 행렬 앞에서 아름다운 여인이 몸도 가누지 못한 채 끌려가고 있는 것이 아닌가!

※ **족장**: 부족의 우두머리.

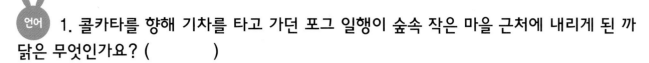

언어 1. 콜카타를 향해 기차를 타고 가던 포그 일행이 숲속 작은 마을 근처에 내리게 된 까닭은 무엇인가요? (   )

① 철길이 끊겼기 때문에
② 표를 끊지 않았기 때문에
③ 장례식에 참석하기 위해서
④ 콜카타까지 더 빠르게 가기 위해서
⑤ 코끼리가 철길을 가로막았기 때문에

사회 탐구 2. 이 글에는 여러 종류의 교통수단이 등장합니다. 교통수단에 대한 다음의 설명이 맞으면 ○표를, 틀리면 ✕표를 하세요.

(1) 옛날에는 동물을 이용하는 교통수단이 많았다. (   )
(2) 교통수단은 사람을 실어 나르는 데에만 이용된다. (   )
(3) 증기선, 열기구, 인력거는 바다에서 이용되었던 교통수단이다. (   )
(4) 교통수단의 발달로 먼 거리를 짧은 시간에 이동하는 것이 가능해졌다. (   )

논술 3. 교통수단의 발달은 일상생활을 편리하게 해 주지만 여러 가지 문제가 발생하기도 합니다. 교통수단의 발달로 인해 생기는 문제점들을 써 보세요.

"수티로구먼."

안내인의 말에 파스파르투가 '수티'가 무엇인지 물었다.

"남편이 죽으면 아내를 제물로 바치는 관습입니다. 저 젊은 여인은 족장의 아내이지요. 곧 족장의 시체와 함께 불에 타 죽게 될 것입니다."

파스파르투는 깜짝 놀라 눈이 휘둥그레졌고, 포그는 심각한 얼굴로 한동안 말이 없었다. 장례 행렬의 꼬리가 숲속으로 사라질 때였다.

"우리가 저 여인을 구해 냅시다."

포그가 조용한 목소리로 말했다. 파스파르투와 안내인이 위험하다며 펄쩍 뛰었지만 포그는 뜻을 굽히지 않았다. 결국 포그 일행은 장례 행렬의 뒤를 밟았다. 그러나 여인을 구해 낼 뾰족한 방법이 없었다. 나무 위에 올라가 상황을 살피던 파스파르투는 뭔가 다짐한 듯 비장한 얼굴로 나무를 내려왔다.

이윽고 화장이 시작되었다. 사람들은 정신을 잃은 여인을 족장의 시체 옆에 눕히고 장작더미에 불을 붙였다. 그 순간 시체가 벌떡 일어나더니 여인을 안고 장작더미에서 뛰어내렸다. 사람들은 두려움에 휩싸여 뒤돌아 도망치거나 땅에 얼굴을 묻었다.

"자, 어서 도망칩시다."

시체가 포그 쪽으로 달려오며 소리쳤다. 바로 파스파르투였던 것이다.

* **관습**: 어떤 사회에서 오랫동안 지켜 내려와 널리 인정하는 질서나 풍습.
* **화장**: 시신을 불에 살라 장사 지내는 장례 방식.

사회 탐구 1. 이 글에서 다음 관습의 이름을 찾아 써 보세요.

• 인도에서 남편이 죽으면 아내를 제물로 바치는 관습이다.
• 왕이나 귀족이 죽으면 아내, 신하, 종을 함께 묻어 장사 지내는 우리나라의 순장 제도와 비슷하다.

(   )

2주 2일
학습 끝!

붙임 딱지 붙여요.

 사회 탐구 2. 다음 중 관습에 대한 설명으로 알맞지 <u>않은</u> 것은 무엇인가요? (   )

① 관습은 시대에 따라 그 모습이 다르다.
② 결혼식과 장례식 풍습은 관습에 해당한다.
③ 모든 관습은 나쁘기 때문에 사라져야 한다.
④ 관습 가운데 옳지 못한 것을 악습이라고 한다.
⑤ 관습은 한 사회에서 오랫동안 내려와 널리 따르게 된 풍습이다.

논술 3. 만약 여러분이 사는 곳에 나쁜 관습이 있다면 그것을 없애기 위해서 어떤 노력을 해야 할지 구체적인 방법을 두 가지만 써 보세요.

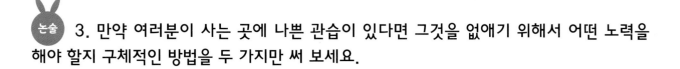

55

포그 일행이 구해 준 여인의 이름은 '아우다'였다.

"영국식 교육까지 받았지만 부모님이 돌아가시자, 제 뜻과 상관없이 늙은 족장에게 시집 가게 되었지요. 저를 구해 주셔서 정말 고맙습니다."

아무 데도 갈 곳이 없는 아우다는 포그 일행을 따라가기로 했다.

10월 25일 아침, 포그 일행은 기차를 타고 무사히 콜카타에 도착했다.

포그 일행이 다음 목적지인 홍콩으로 가기 위해 기차역을 나설 때였다.

"당신들 뭄바이에서 왔지?"

느닷없이 나타난 경찰들이 포그 일행을 체포해 법정으로 끌고 갔다. 포그 일행은 아우다를 데려온 것 때문에 체포되었다고 생각했다. 그런데 판사가 파스파르투에게 낡은 구두를 내보이며 물었다.

"이 구두가 당신 것이 맞소?"

"앗! 이건 인도 사원에서 승려들이 강제로 벗긴 내 구두예요."

파스파르투가 깜짝 놀라며 말했다. 포그 일행이 붙잡혀 온 이유는 종교 규율을 무시한 파스파르투를 승려들이 고발했기 때문이었다. 보석금으로 2,000파운드나 되는 큰돈을 내고 풀려난 포그 일행은 가까스로 홍콩행 배를 탈 수 있었다.

※ **보석금**: 감옥에 갇히는 대신 내는 돈.

언어 1. 경찰들이 포그 일행을 체포해 법정으로 끌고 간 까닭은 무엇인가요? (   )

① 포그 일행이 아우다를 데려왔기 때문에
② 승려들이 파스파르투를 고발했기 때문에
③ 포그 일행이 승려의 구두를 훔쳤기 때문에
④ 파스파르투가 보석금을 내지 않았기 때문에
⑤ 포그 일행을 구두 도둑으로 착각했기 때문에

사회 탐구 2. 포그 일행은 법정에서 판사를 만났습니다. 다음 중 판사에 대한 설명으로 알맞은 것은 무엇인가요? (   )

① 재판을 당하는 사람
② 재판을 하자고 주장하는 사람
③ 재판에서 판결을 내리는 사람
④ 나라의 최고 통치권을 가진 사람
⑤ 재판에서 이길 수 있도록 도와주는 사람

논술 3. 포그 일행은 느닷없이 나타난 경찰에게 체포되었다가 보석금을 내고 풀려났습니다. 생각지 않은 일을 겪은 포그 일행에게 여러분이 해 주고 싶은 말을 써 보세요.

홍콩으로 가는 항해는 험난했다. 나흘이나 계속된 거센 폭풍우 때문에 배는 좀처럼 앞으로 나아가지 못했고, 홍콩에 도착했을 때는 타야 할 배가 이미 떠난 뒤였다.

포그 일행이 다음 배를 기다리며 홍콩에 머무는 동안, 여전히 포그 일행을 뒤쫓고 있던 픽스 형사도 홍콩에 도착했다. 번번이 포그를 체포할 기회를 놓친 픽스는 작전을 바꾸기로 했다. 파스파르투에게 접근하여 포그가 도둑이라는 사실을 알리고 도움을 받기로 마음먹은 것이다.

"당신 주인은 은행 돈을 훔친 도둑이오. 세계 일주를 하는 게 아니라 멀리 도망가는 길이란 말이오. 말도 안 되는 내기에 많은 돈을 펑펑 쓰는 것이 수상하지 않소?"

그러나 파스파르투는 픽스 형사의 말을 믿지 않았다.

"당치 않아요. 우리 주인님이 도둑일 리 없어요. 그만 가겠습니다. 일본 요코하마행 배가 내일 아침이 아니라 오늘 저녁에 출발한다고 주인님께 알려 드려야 해요."

작전이 실패하자 픽스 형사는 다시 꾀를 냈다. 독한 술과 담배를 권해 파스파르투를 기절하게 만든 것이다.

한참 뒤에야 깨어난 파스파르투는 정신없이 항구로 달려가 요코하마행 배에 올라탔다. 배에서 한숨을 돌리던 파스파르투는 자신의 실수를 깨닫고 깜짝 놀랐다.

"세상에! 내가 주인님께 출발 시간이 바뀌었다는 사실을 말하지 않았잖아!"

1. 픽스 형사가 파스파르투에게 독한 술과 담배를 권해 기절하게 만든 까닭은 무엇인가요? (   )

① 파스파르투를 쉽게 체포하기 위해

② 요코하마행 배에 몰래 실어 보내기 위해

③ 말을 듣지 않는 파스파르투를 혼내 주기 위해

④ 기절한 파스파르투를 인질로 삼아 포그를 유인하기 위해

⑤ 파스파르투가 포그에게 배 시간이 바뀐 것을 알리지 못하도록 하기 위해

 2. 다음 민혁이와 엄마가 나누는 대화에는 화폐의 중요한 기능이 소개되어 있습니다. 엄마가 말한 화폐의 기능 두 가지를 고르세요. (   )

> 엄마: 민혁아, 돈으로 딱지를 접으면 어떡하니?
>
> 민혁: 앗! 그냥 심심해서 장난 좀 쳤어요.
>
> 엄마: 돈은 장난감이 아니야. 돈의 역할은 따로 있잖니. 돈은 물건의 교환을 편리하게 하고, 물건의 가치가 어느 정도인지 알려 주는 역할을 하지. 그러니 오래 쓸 수 있도록 깨끗하게 써야겠지?

① 증식 기능   ② 교환의 기능   ③ 저장의 기능
④ 역할 분배의 기능   ⑤ 가치 척도의 기능

3. 파스파르투는 픽스 형사에게 포그가 도둑일 리가 없다고 했습니다. 여러분은 포그처럼 주변 사람들에게 신뢰를 얻으려면 평소에 어떻게 행동해야 한다고 생각하는지 써 보세요.

다음 날, 아우다와 함께 항구로 나간 포그는 요코하마로 가는 배가 지난밤에 떠났다는 사실을 알게 되었다. 게다가 아무리 찾아도 파스파르투가 보이지 않았다. 포그는 시간을 더는 지체할 수 없었다. 그래서 큰돈을 주고 쾌속선을 빌려 중국 상하이로 간 뒤, 배를 갈아타고 일본 요코하마에 도착했다.

한편, 이미 요코하마에 도착한 파스파르투는 슬픔과 두려움에 빠져 있었다. 가진 돈도 없이 홀로 낯선 땅에 떨어졌기 때문이다. 파스파르투는 허기진 배를 움켜쥐고 거리를 돌아다니다 우연히 서커스 공연 포스터를 보았다.

"미국 순회공연을 위한 마지막 이별 공연이라고? 저 서커스단에 들어가자. 조금이라도 영국과 가까운 곳으로 가야 해."

예전에 곡예사로 일한 적이 있던 파스파르투는 서커스단에 들어갔다. 그곳에서 인간 피라미드 맨 아래쪽에 들어가는 역할을 맡았다. 공연이 시작되고 파스파르투는 단원들과 멋진 인간 피라미드를 만들었다. 그런데 파스파르투의 눈에 낯익은 얼굴이 보였다. 미국행 배를 기다리던 포그와 아우다가 서커스 구경을 온 것이었다.

"아! 주인님, 아우다 부인!"

파스파르투는 벌떡 일어나 객석으로 달려갔다. 그 바람에 인간 피라미드가 와르르 무너지고 말았다.

※ **쾌속선**: 속도가 매우 빠른 배.

1. 파스파르투가 서커스단에 들어간 까닭은 무엇인가요? (   )

① 큰돈을 벌 수 있기 때문에

② 인간 피라미드 쌓기를 좋아했기 때문에

③ 예전에 곡예사로 일하던 서커스단이었기 때문에

④ 포그와 아우다가 공연을 보러 올 것이라고 예상했기 때문에

⑤ 서커스단을 따라 조금이라도 영국과 가까운 미국으로 갈 수 있기 때문에

 2. 인간 피라미드 쌓기는 여러 사람이 마치 피라미드처럼 탑을 쌓는 것입니다. 다음 중 피라미드 쌓기처럼 여럿이 힘을 합쳐야 좋은 결과를 낼 수 있는 놀이 두 가지를 고르세요. (   )

2주 3일
학습 끝!

붙임 딱지 붙여요.

①

씨름

②

고싸움

③

줄타기

④

줄다리기

3. 파스파르투는 가진 돈도 없이 홀로 낯선 곳에 떨어지게 되었습니다. 여러분이 파스파르투라면 어떻게 행동했을지 상상해서 써 보세요.

61

다시 만난 포그 일행은 일본 요코하마를 떠나 태평양을 건너 미국 샌프란시스코에 닿았다. 12월 3일, 이제 여행은 끝을 향해 가고 있었다. 포그 일행은 미국 대륙을 가로지르는 기차에 몸을 실었다.

하지만 미국은 매우 넓었고, 곳곳에 예상치 못한 일들이 기다리고 있었다. 한번은 엄청난 들소 떼가 철길을 막아 기차가 세 시간이나 멈춰 있어야만 했다. 험준한 로키산맥을 지날 때는 기차가 지나간 뒤 낡은 철로가 무너져 내리는 아찔한 경험도 했다.

그러나 가장 위험한 순간은 100명이 넘는 인디언이 기차를 공격했을 때였다. 다행히 근처 요새에서 총소리를 들은 군인들이 달려와 위험에서는 벗어날 수 있었으나, 파스파르투가 인디언들에게 포로로 잡혀가고 말았다.

포그는 군인들과 힘을 합해 파스파르투와 포로들을 구출해 내는 데 성공했다. 그러나 시간을 많이 빼앗겼고, 폭설마저 내려 기차로는 목적지까지 갈 수 없었다.

그런데 뜻밖에도 기차에 함께 타고 있던 픽스 형사가 다가와 눈썰매를 제안했다. 영국으로 돌아가는 것을 도와 그곳에서 체포하기로 계획을 바꾼 것이었다. 돛단배처럼 생긴 눈썰매는 눈 위를 날아가듯 빠르게 달렸다. 그 뒤에도 포그 일행은 많은 우여곡절을 겪고 나서야 12월 12일 영국으로 향하는 배에 올랐다.

* **요새**: 군사적으로 중요한 곳에 튼튼하게 만들어 놓은 방어 시설.

언어 1. 포그 일행이 미국에서 겪은 일로 알맞은 것끼리 줄을 이으세요.

(1) 들소 떼가 철길을 막았을 때

(2) 험준한 로키산맥을 지날 때

(3) 인디언이 기차를 공격했을 때

㉠ 하인 파스파르투가 포로로 잡혀갔다.

㉡ 기차가 세 시간이나 멈춰 있어야만 했다.

㉢ 기차가 지나간 뒤 낡은 철로가 무너져 내렸다.

사회탐구 2. 폭설은 자연재해 중 하나입니다. 다음 중 자연재해에 대한 설명으로 알맞지 <u>않은</u> 것은 무엇인가요? (   )

① 나무 심기로 모든 자연재해를 막을 수 있다.
② 환경 파괴로 인해 자연재해가 일어나기도 한다.
③ 자연재해란 자연 현상 때문에 입는 피해를 말한다.
④ 자연재해에는 화산 폭발, 지진, 해일, 가뭄, 태풍 등이 있다.
⑤ 자연재해는 자연 현상의 일시적인 변화로 인해 발생하기도 한다.

▲ 폭설

논술 3. 포그 일행은 여행을 하는 동안 많은 우여곡절을 겪었습니다. '우여곡절'을 넣어 세 문장 이상으로 된 짧은 글을 지어 보세요.

　12월 21일 오전 11시 40분, 마침내 포그 일행은 영국 리버풀 항구에 도착했다. 그곳에서 기차를 타면 런던까지 여섯 시간 만에 갈 수 있었다. 약속한 시간 안에 런던에 도착할 수 있는 것이다.

　그런데 그 순간 픽스 형사가 앞을 막아서며 체포 영장을 내밀었다.

　"당신을 영국 은행에서 돈을 훔쳐 달아난 도둑으로 체포하겠소."

　경찰들은 포그를 감옥에 가두었다. 어떤 놀라운 일에도 눈썹 하나 까딱하지 않던 포그도 이번에는 충격을 받았다. 시간이 흘러 어느새 오후 2시 30분을 넘어가고 있을 때 픽스 형사가 당황한 얼굴로 달려왔다.

　"정말 미안합니다. 도둑이 이미 3일 전에 잡혔다는군요."

　도둑 누명을 벗게 된 포그는 일행을 이끌고 서둘러 기차에 올랐다. 하지만 런던에 도착했을 때, 시곗바늘은 이미 약속한 시간에서 5분이 지난 저녁 8시 50분을 가리키고 있었다. 포그가 내기에서 진 것이다.

　포그는 조용히 집으로 돌아가 침착하게 생각을 정리했다. 그리고 이튿날 아침 아우다의 방으로 찾아가 그동안 품고 있던 마음을 고백했다.

　"부인, 남은 재산이 얼마 없지만 그 돈을 당신을 위해 쓰고 싶소. 부디 나와 결혼해 주지 않겠소?"

언어 1. 이 글에 나타난 사실이 <u>아닌</u> 것은 어느 것인가요? (　　　　　)

① 픽스 형사가 포그를 체포했다.

② 포그는 감옥에 갇혔다가 도둑 누명을 벗고 풀려났다.

③ 포그는 남은 재산을 아우다를 위해 쓰고 싶다고 했다.

④ 내기에서 이겼다고 생각한 포그는 집으로 돌아가서 생각을 정리했다.

⑤ 포그 일행이 리버풀 항구에 도착했을 때는 런던까지 갈 시간이 충분했다.

사회탐구 2. 오늘날에는 교통이 발달해 먼 거리를 더욱 빨리 이동할 수 있게 되었습니다. 그렇다면 오늘날의 세계를 일컫는 말로, 다음 중 지구가 마치 하나의 마을처럼 가까워졌다는 뜻을 가진 낱말은 어느 것인가요? (　　　　　)

① 향촌　　　　　② 지구촌

③ 도시화　　　　④ 광산촌

⑤ 공업화

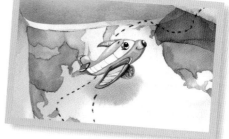

논술 3. 포그는 감옥에 갇히는 바람에 내기에서 지고 큰 재산을 잃을 처지에 놓였습니다. 만약 여러분이 포그의 입장이라면 이런 어려운 상황에서 어떻게 행동했을지 써 보세요.

아우다는 포그의 고백에 떨리는 듯 잠시 눈을 감았다 뜨면서 대답했다.

"포그 씨, 고마워요. 당신은 참 좋은 사람이에요. 나도 당신과 결혼하고 싶어요."

포그와 아우다의 결혼 소식을 전해 들은 파스파르투는 뛸 듯이 기뻐했다. 파스파르투는 월요일에 있을 결혼식에 목사님을 초청하러 교회로 향했다.

그런데 잠시 뒤 파스파르투가 헐레벌떡 집으로 돌아와 다급히 포그를 찾았다.

"주인님, 내일은 월요일이 아니라 일요일이에요. 오늘은 토요일이라고요!"

시계처럼 정확한 포그가 왜 하루를 잘못 계산했을까? 그것은 '시차' 때문이다. 동쪽으로 경도 15도씩 갈수록 시간은 한 시간씩 빨라진다. 포그 일행은 동쪽으로 한 바퀴를 빙 돌아왔기 때문에 스물네 시간, 즉 하루를 번 것이다.

파스파르투는 포그를 잡아끌듯 마차에 태워 혁신 클럽으로 달려갔다.

혁신 클럽 안은 회원들로, 클럽 밖은 포그를 기다리는 사람들로 북적였다.

마침내 시곗바늘이 8시 45분을 가리켰다. 그 순간 포그가 혁신 클럽 안으로 들어섰다. 80일간의 세계 일주에 성공한 것이다.

※ 경도: 지구상의 위치를 나타내는 좌표축 중에서 세로로 된 것. 영국 그리니치 천문대를 기준인 0도로 하여 동쪽 180도까지를 동경, 서쪽 180도까지를 서경이라 함.

1. 다음에서 공통으로 설명하는 것은 무엇인가요? (   )

• 지구상의 위치를 표현할 때 쓰이는 좌표로, 동쪽이나 서쪽으로 위치를 나타내는 숫자이다.
• 영국 그리니치 천문대를 지나는 본초 자오선을 기준으로 하며, 0도에서 360도까지 있다.
• 0도를 기준으로 동쪽 180도까지를 동경, 서쪽 180도까지를 서경이라고 한다.

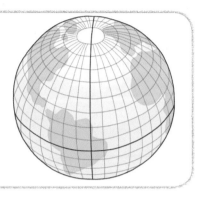

① 경도   ② 위도   ③ 적도   ④ 황도   ⑤ 천구

2주 4일
학습 끝!

붙임 딱지 붙여요.

2. 동쪽으로 여행을 한 포그는 '시차' 때문에 하루를 더 벌어 내기에서 이겼습니다. 지구는 지역마다 시간이 다릅니다. 이것을 '시차'라고 하지요. 다음 중 시차와 시간대에 대한 설명으로 알맞은 것을 모두 고르세요. (   )

① 시간대는 위도에 따라 달라진다.
② 시간대는 경도 15도마다 한 시간씩 달라진다.
③ 우리나라보다 경도 15도 동쪽에 있는 나라도 우리나라와 시간이 같다.
④ 우리나라보다 경도 30도 서쪽에 있는 나라는 우리나라보다 두 시간 늦다.
⑤ 우리나라보다 경도 15도 동쪽에 있는 나라는 우리나라보다 한 시간 빠르다.

3. 포그는 '80일간의 세계 일주'를 하면서 많은 것을 얻었습니다. 여러분은 여행을 하면서 무엇을 얻을 수 있다고 생각하는지 자유롭게 써 보세요.

| "80일간의 세계 일주"는 영국에 사는 신사 포그가 20,000파운드라는 큰돈을 걸고 80일간 세계 일주를 하는 이야기예요. 다음 중 포그 일행이 겪은 사건과 사건의 해결 과정으로 알맞은 것을 골라 줄로 이으세요.

(1) 인도 뭄바이를 출발한 기차가 숲속 작은 마을 근처에 멈춰 섰다. 포그 일행은 기차가 다니는 마을까지 가야 했다.

ⓐ 사람들이 장작더미에 불을 붙이는 순간 시체로 위장한 파스파르투가 여인을 안고 장작더미에서 뛰어내렸다.

(2) 포그 일행은 숲속에서 장례 행렬을 보았다. 행렬 속에는 족장과 함께 화장을 당하게 될 불쌍한 여인이 있었다.

ⓑ 포그가 군인들과 힘을 합해 인디언들에게 붙잡혀 간 파스파르투와 포로들을 구출해 내는 데 성공했다.

(3) 파스파르투가 홀로 일본 요코하마에 도착했다. 거리를 돌아다니던 파스파르투는 서커스 공연 포스터를 보았다.

ⓒ 파스파르투가 포그에게 코끼리를 타고 가자고 제안했다. 포그 일행은 코끼리를 타고 울창한 밀림을 헤치고 나아갔다.

(4) 미국에서 인디언들이 기차를 갑자기 공격했다. 이때 파스파르투가 인디언들에게 포로로 잡혀가고 말았다.

ⓓ 파스파르투가 서커스단에 들어갔다. 그리고 인간 피라미드를 만들던 중 서커스 구경을 온 포그와 아우다를 다시 만났다.

2 다음은 "80일간의 세계 일주"의 등장인물입니다. 누구에 대한 소개인지 보기 에서 골라 이름을 쓰세요.

보기

포그   파스파르투   아우다   픽스

(1)
시계처럼 정확하게 생활하고, 어떤 일이 벌어져도 눈썹 하나 까딱하지 않을 만큼 배짱이 있다.

(   )

(2)
죽은 족장의 젊은 아내로, 수티로 인해 불에 타 죽을 뻔했으나 가까스로 목숨을 건진다.

(   )

(3)
영국 런던의 형사이다. 자신의 생각이 언제나 옳다고 믿으며, 쉽게 포기하지 않는 성격이다.

(   )

(4)
활발한 성격을 지닌 하인이다. 호기심이 많아서 새로운 것을 보면 누구보다 즐겁게 구경한다.

(   )

3 80일간의 세계 일주를 무사히 마치고 돌아온 포그 일행에게 축하의 편지를 보내려고 합니다. 여러분의 생각을 담아서 편지글을 써 보세요.

포그 씨에게

궁금해요

세계 일주를 떠나요!

포그가 80일 동안 어떻게 세계 일주를 했는지 한눈에 살펴볼까요? 그리고 포그가 여행한 나라에 대해서도 좀 더 자세히 알아보아요.

10월 2일, 영국 출발

영국은 대서양에 있는 섬나라 예요. 산업 혁명이 처음 일어난 곳으로, 18~19세기에는 세계에서 가장 부강한 나라로 손꼽혔어요. 한때 세계의 4분의 1을 식민지로 차지하기도 했지요. 지금도 왕이 있는 입헌 군주국이에요.

10월 20일, 인도 도착

인도는 고대 문명과 불교가 생겨난 곳이에요. 인구가 약 12억 명으로, 중국에 이어 세계에서 두 번째로 많아요. 인도의 황제가 사랑하는 왕비를 위해 지은 아름다운 묘당인 타지마할을 볼 수 있어요.

10월 4일, 이탈리아 도착

지중해에 있는 이탈리아는 장화처럼 길게 뻗은 국토를 가진 나라예요. 고대 로마 제국의 수도였고, 나라 전체가 박물관이라고 할 만큼 유적이 많아요.

10월 9일, 이집트 도착

이집트는 아프리카 동북부 나일강 유역의 중심부에 있는 나라예요. 고대 문명이 생겨난 곳으로 국토의 대부분이 사막이에요. 파라오의 무덤인 피라미드가 유명해요.

11월 13일, 일본 도착

일본은 네 개의 큰 섬과 수천 개의 작은 섬들로 이루어진 나라예요. 화산과 온천이 많고 지진이 자주 일어나요. 자동차 등의 산업이 발달해 경제 수준이 비교적 높은 편이에요.

12월 3일, 미국 도착

미국은 북아메리카에 있는 나라예요. 넓은 땅에 여러 인종이 어우러져 살고 있어요. 농업과 산업이 고루 발달한 세계 최고의 경제 대국이에요.

다시 영국으로

11월 7일, 중국 도착

중국은 아시아 동부에 있는 나라로, 세계 4대 문명 가운데 하나인 중국 문명이 일어난 곳이에요. 세계에서 가장 인구가 많은 나라로, 약 14억 명이 중국에 살고 있어요. 세계에서 가장 긴 성벽인 만리장성이 유명하지요.

✏️ 포그 일행이 여행한 곳 중에 네 개의 큰 섬과 수천 개의 작은 섬들로 이루어졌으며, 화산과 온천이 많은 나라는 어디인지 써 보세요.

내가 할래요

내가 하고 싶은 세계 일주

포그 일행은 영국에서 출발하여 동쪽의 바닷길을 따라 세계 일주를 했습니다. 여러분은 어떤 경로를 거쳐서 지구를 한 바퀴 돌고 싶나요? 여러분만의 세계 일주 계획을 세워 보세요. 단, 우리나라에서 출발하여 지구를 한 바퀴 돌아 우리나라로 돌아와야 합니다(교통편은 비행기, 배, 기구, 기차 등).

| 다음 세계 지도 위에 세계 일주 경로를 그리고, 아래 표에 나라 이름과 교통편을 함께 써 보세요.

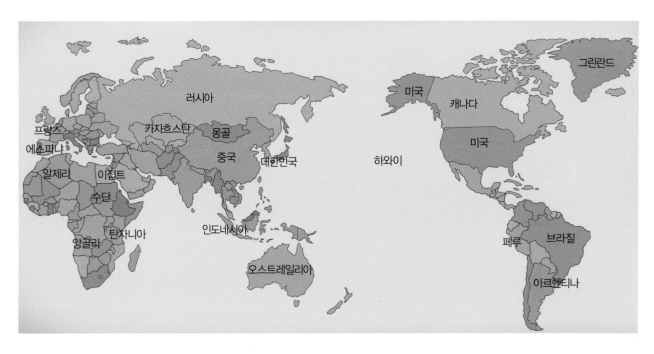

대한민국 출발	→ 비행기	→	→	→
→	→	→	→	대한민국 도착

확인할 내용	잘함	보통임	부족함
1. 이번 주 학습을 5일(월요일~금요일) 안에 끝마쳤나요?			
2. 필리어스 포그의 여행 경로를 잘 이해하였나요?			
3. 등장인물의 마음이 되어 상상하기를 잘할 수 있나요?			
4. 세계 여러 나라의 특징에 대해 이야기를 잘할 수 있나요?			

2 세계 일주 경로에 있는 나라 중 여러분이 꼭 여행하고 싶은 나라 세 곳을 정해 빈칸을 채워 보세요.

가고 싶은 나라	가고 싶은 이유
중국	중국의 만리장성이 우주에서 보이는 유일한 건축물이라는 소문을 들었다. 확인해 본 결과 사실이 아닌 것으로 밝혀졌지만, 그런 소문이 날 만큼 엄청나긴 한 모양이다. 실제로 보면 어떨지 꼭 가서 보고 싶다.
(1)	
(2)	
(3)	

2주 5일
학습 끝!

붙임 딱지 붙여요.

 전하는 말

별과 우주

생각톡톡 밤하늘에서 볼 수 있는 것들에는 무엇이 있는지 보기 에서 찾아 쓰세요.

보기 태양 별 달 장수하늘소 (   )

관련교과 [과학 5-1] 태양계 행성의 특징을 알아보고 크기 비교하기, 태양계 행성의 운동에 대해 알아보기
[과학 6-1] 지구와 달의 운동에 대해 알아보기, 계절에 따라 별자리가 달라지는 까닭 알아보기

넓은 우주를 바라보며

고개를 젖히고 하늘을 올려다보면 우리는 드넓은 우주를 볼 수 있어. 그곳에는 눈부신 빛을 내뿜는 태양, 날마다 모습이 조금씩 바뀌는 달, 그리고 반짝반짝 빛나는 별이 있지. 오랜 옛날부터 사람들은 우주를 바라보면서 궁금하게 생각했어. '태양은 왜 동쪽에서 떠서 서쪽으로 질까?', '달에는 누가 살까?', '별은 누가 만들었을까?' 하고 말이야. 하지만 어디에서도 그 답을 들을 수 없었어. 누구도 우주에 대해 정확히 몰랐으니까. 그래서 사람들은 상상의 날개를 펴기 시작했지.

옛날 그리스 사람들은 신이 태양 마차를 타고 하늘을 달린다고 생각했어. 우리 조상들은 달에 방아 찧는 토끼가 살고 있다고 생각했지. 미국 인디언들은 하늘에 불타는 가면을 쓰고 걸어 다니는 사람이 있다고 생각했어. 그 사람이 잠잘 때 코를 고는데, 그때 가면에서 불꽃이 튀어나와 별이 된다고 생각했지.

그러다 과학 기술이 발달하고, 천체를 가까이 관찰할 수 있는 망원경이 만들어지면서 태양과 달, 별의 비밀이 하나씩 밝혀지기 시작했어. 우주에는 사람들이 상상하는 것보다 신비로운 사실이 가득했단다.

자, 그럼 놀라운 이야기가 숨어 있는 우주로 함께 떠나 볼까?

※ **천체**: 우주에 있는 항성, 행성, 혜성 등의 온갖 물체로 천문학의 연구 대상이 되는 것을 가리킴.

▲ 달

1. 옛사람들의 우주에 대한 생각으로 알맞은 것끼리 줄로 이으세요.

(1) 그리스 사람들 •

(2) 우리나라 사람들 •

(3) 미국 인디언들 •

• ㉠ 달에 방아 찧는 토끼가 살고 있다고 생각하였다.

• ㉡ 신이 태양 마차를 타고 하늘을 달린다고 생각하였다.

• ㉢ 하늘을 걸어 다니는 사람의 불타는 가면에서 나온 불꽃이 별이 된다고 생각하였다.

 2. 다음 중 천체에 해당하지 <u>않는</u> 것은 무엇인가요? (   )

① 달   ② 별   ③ 지구   ④ 태양   ⑤ 구름

 3. 오늘날에는 옛날과 비교해 볼 때 우주에 대해 많은 것을 알게 되었습니다. 사람들이 끊임없이 우주에 대해 알고 싶어 하는 까닭은 무엇인지, 우주에 대해 알게 되면 좋은 점을 써 보세요.

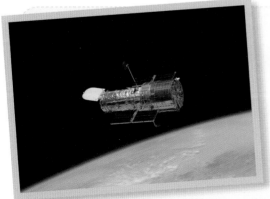
▲ 우주에 떠 있는 허블 우주 망원경

77

빛난다고 다 별은 아니야

우주여행을 떠나면서 가장 먼저 알아야 할 것은 우리가 '별'이라고 부르는 천체의 정확한 이름이야. 흔히 사람들은 밤하늘에 빛나는 것들을 모두 '별'이라고 불러. 그러나 천문학에서는 스스로 빛을 내는 '항성'만을 별이라고 한단다. 나머지는 '행성', '위성', '혜성' 등으로 구분하여 부르지.

항성은 늘 제자리에 있는 붙박이별이야. 대표적인 항성으로 태양을 꼽을 수 있지. 행성은 항성의 둘레를 도는 천체야. 스스로 빛을 내지 못하고 항성의 빛을 받아서 빛난단다. 우리가 사는 지구가 바로 행성에 속해. 지구를 지구별이라고 부르기도 하지만 천문학적으로는 잘못된 표현이지.

위성은 행성의 주위를 도는 작은 천체야. 지구 옆에 가까이 붙어서 도는 달이 바로 위성이지. 혜성은 태양의 둘레를 도는 긴 꼬리를 가진 천체야. 수십 년 혹은 수백 년에 걸쳐 태양의 주위를 돈다고 해.

마지막으로 태양과 그 둘레를 도는 행성들, 거기에 딸린 위성들, 혜성들이 있는 공간을 '태양계'라고 부른다는 것도 알아 두렴. 우리가 처음으로 우주여행을 떠날 곳이 바로 태양계니까 말이야.

과학탐구 1. 천체에 대한 설명으로 알맞지 <u>않은</u> 것은 무엇인가요? (   )

① 항성은 제자리에 있는 붙박이별이다.
② 행성은 항성의 둘레를 도는 천체이다.
③ 위성은 행성의 주위를 도는 천체이다.
④ 혜성은 태양의 둘레를 도는 긴 꼬리를 가진 천체이다.
⑤ 태양계는 항성, 행성, 위성, 혜성의 주위를 도는 천체이다.

과학탐구 2. 다음은 지구의 반지름을 1로 보았을 때 태양계 행성들의 크기를 비교한 표입니다. 행성의 크기에 대한 설명으로 알맞지 <u>않은</u> 것은 무엇인가요? (   )

태양	수성	금성	지구	화성	목성	토성	천왕성	해왕성
109	0.4	0.9	1	0.5	11.2	9.4	4.0	3.9

① 목성은 수성보다 28배 크다.
② 태양계에서 가장 큰 행성은 목성이다.
③ 태양계에서 가장 작은 행성은 수성이다.
④ 지구와 크기가 가장 비슷한 행성은 금성이다.
⑤ 화성과 크기가 가장 비슷한 행성은 토성이다.

논술 3. 1977년 목성, 토성, 천왕성 등을 탐사하기 위해 미국 항공 우주국이 발사한 보이저 1호에는 외계 생명체를 발견할 경우를 대비해 지구의 다양한 소리와 사진을 담은 디스크가 실렸습니다. 이 디스크에 여러분은 무엇을 담고 싶은지 그 까닭과 함께 써 보세요.

태양을 중심으로 움직이는 태양계 식구들

▲ 태양

태양계에서 처음 만날 천체는 태양계의 중심인 '태양'이야. 태양은 지구에서 가장 가까운 항성으로, 약 50억 년 전에 태어났어. 엄청 늙었다고? 그렇지 않아. 별들의 세계에서 50억 살은 그리 많은 나이가 아니야. 태양은 젊은 별에 속한단다.

태양은 쉬지 않고 타오르는 거대한 불덩어리 같아. 엄청난 양의 빛과 열을 내뿜는데, 표면 온도가 무려 6000도나 돼. 그래서 우리는 태양에 가까이 다가갈 수 없어. 하지만 특수 망원경 덕분에 멀리서도 태양을 관찰할 수 있단다.

태양의 표면에는 쌀알을 뿌려 놓은 것 같은 무늬가 있어. 쌀알 무늬 하나는 크기가 1000킬로미터에서 5000킬로미터나 돼. 이것은 태양 내부의 뜨거운 열이 강하게 올라오는 것이란다. 수소 폭탄 한 개와 맞먹는 위력이지. 그런 쌀알 무늬가 태양 표면을 가득 메우고 있다니 무시무시하지? 태양 표면에서는 '홍염'이라는 거대한 불꽃이 순식간에 치솟기도 해. 또 멀리서 보면 꼭 검은 점처럼 보이는 '흑점'도 관찰할 수 있어. 흑점은 태양 내부의 강한 자기장 때문에 열이 다른 부분보다 올라오지 못해서 온도가 낮은 부분이란다.

태양은 우리에게 무척 소중한 별이야. 태양이 내는 빛과 열 덕분에 지구상의 많은 생물이 살아갈 수 있거든. 태양이 사라지면 어떡하느냐고? 너무 걱정하지는 마. 태양은 앞으로 50억 년 동안은 끄떡없이 빛날 테니까.

과학 탐구 1. 태양에 대한 설명으로 알맞지 <u>않은</u> 것은 무엇인가요? (   )

① 태양계의 중심이다.

② 약 50억 년 전에 태어났다.

③ 별들의 세계에서 늙은 별이다.

④ 지구에서 가장 가까운 항성이다.

⑤ 엄청난 양의 빛과 열을 내뿜는다.

과학 탐구 2. 태양은 붙박이별입니다. 하지만 지구에서 보면 매일 아침 동쪽에서 떠서 서쪽으로 움직이는 것처럼 보입니다. 태양이 이렇게 보이는 까닭은 지구의 운동과 관련이 있습니다. (   ) 안에 알맞은 낱말을 보기 에서 찾아 써 보세요.

보기 • 자전: 어떤 천체가 자전축을 중심으로 스스로 한 바퀴 도는 운동. 지구가 한 번 자전하는 데 걸리는 기간은 1일이다.
• 공전: 어떤 천체가 다른 천체의 둘레를 도는 운동. 태양에서 먼 행성일수록 태양 주위를 도는 데 많은 시간이 걸린다.

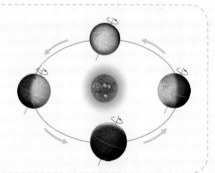

태양이 날마다 동쪽에서 떠서 서쪽으로 지는 것처럼 보이는 이유는 지구가 (   ) 을 하기 때문이다.

3주 1일
학습 끝!

붙임 딱지 붙여요.

논술 3. 태양은 우리에게 무척 소중한 별입니다. 태양이 우리에게 주는 이로움에 대해 써 보세요.

태양 다음으로 소개할 천체는 태양의 주위를 돌고 있는 행성들이야. 태양 가까이에서부터 차례로 수성, 금성, 지구, 화성, 목성, 토성, 천왕성, 해왕성이 있지. 그럼 저마다 어떤 특징이 있는지 알아볼까?

먼저 '수성'은 태양에서 가장 가까운 행성이야. 그래서 태양을 향한 쪽은 탈 것처럼 뜨겁고, 반대쪽은 아주 춥지. 수성은 달과 비슷하게 생겼어. 표면이 울퉁불퉁하고, 크기도 달보다 조금 큰 정도란다.

'금성'은 지구에서 가장 가까운 행성이야. 새벽에는 동쪽 하늘에서, 초저녁에는 서쪽 하늘에서 금성을 볼 수 있어. 새벽에 동쪽 하늘에 떠 있는 금성을 '샛별'이라고 부르고, 저녁에 서쪽 하늘에 떠 있는 금성을 '개밥바라기별'이라고 부르지. 개밥바라기별은 해질녘에 주인이 밥을 다 먹은 다음 개가 밥을 바랄 때쯤 뜨는 별이라는 뜻을 담고 있어. 금성은 크기가 지구와 비슷해. 하지만 지구와 달리 표면이 아주 뜨겁고, 두꺼운 산성 구름으로 덮여 있어.

태양에서 세 번째 떨어져 있는 행성은 바로 우리가 사는 '지구'야. 지구에 대해서는 뒤에서 좀 더 자세하게 소개할게.

'화성'은 불처럼 붉은색을 띠고 있어. 화성(火 불 화, 星 별 성)이라는 이름도 그래서 붙여졌지. 화성에는 계곡과 화산이 많아. 또 아주 오래전에 물이 흐른 자국이 있다고 해. 그래서 화성에 생명체가 살았다고 주장하는 과학자도 많지.

▲ 수성　　　▲ 금성　　　▲ 지구　　　▲ 화성

 1. 태양의 주위를 돌고 있는 행성들을 태양에서 가까운 차례대로 써 보세요.

| 태양 | — | | — | | — | 지구 | — | | — | | — | | — | | — | |

 2. 태양계의 행성에 대한 설명으로 알맞지 <u>않은</u> 것은 무엇인가요? (   )

① 화성에는 물이 흐른 자국이 있다.

② 수성은 달과 비슷하지만 달보다 작다.

③ 수성은 태양과 가장 가까운 행성이다.

④ 화성은 붉은색을 띠고 있으며, 계곡과 화산이 많다.

⑤ 금성의 표면은 뜨겁고, 두꺼운 산성 구름으로 덮여 있다.

 3. 일부 과학자들의 주장처럼 화성에 생명체가 정말 살았을까요? 여러분의 생각과 그 까닭을 써 보세요.

태양에서 다섯 번째에 떨어져 있는 행성은 '목성'이야. 목성은 태양의 주위를 도는 행성 가운데 가장 크단다. 다른 행성들을 모두 합친 것보다 크다니까, 어마어마하지? 목성은 지구처럼 단단한 물질이 아니라, 대부분이 가스로 이루어져 있어.

'토성'은 목성 다음으로 큰 행성이야. 그런데 물에 뜰 수 있을 만큼 가볍지. 어떻게 그럴 수 있느냐고? 토성은 수소와 헬륨 같은 가벼운 기체로 이루어져서 *밀도가 아주 낮거든. 토성 둘레에는 화려한 빛깔의 고리가 있어. 얇고 평평한 이 고리들은 얼음 알갱이와 먼지로 이루어져 있지.

'천왕성'은 *대기에 메탄가스가 많아서 신비로운 푸른빛을 띠고 있어. 표면의 온도는 영하 215도 정도야. 우리가 천왕성에 대해 알게 된 지는 240년 정도밖에 안 돼. 천왕성이 우리가 사는 지구와 아주 멀리 떨어져 있기 때문이야. 천왕성은 태양에서 토성까지의 거리보다 약 두 배나 멀리 있어. 천왕성도 토성처럼 고리가 있는데, 천왕성의 고리는 어두운 색을 띠고 있어서 잘 보이지는 않아.

'해왕성'은 태양에서 가장 멀리 떨어져 있는 행성이야. 온도는 영하 214도 정도야. 천왕성보다 태양에서 멀리 떨어져 있는데 해왕성의 온도가 왜 더 높냐고? 그건 해왕성의 중심 온도가 더 높기 때문이래. 해왕성은 천왕성보다 더 푸른색을 띠어서 '푸른 진주'라는 별명을 가지고 있어.

※ **밀도**: 빽빽하게 들어찬 정도.
※ **대기**: 천체의 표면을 둘러싸고 있는 기체.

▲ 목성   ▲ 토성   ▲ 해왕성

▲ 천왕성

1. 다음 설명에 해당하는 행성을 찾아 줄로 이으세요.

(1) 태양으로부터 일곱 번째에 있는 행성이다. •

(2) 화려한 빛깔의 고리를 가진 행성이다. •

(3) 태양계의 행성 가운데 크기가 가장 크다. •

• ㉠ 토성

• ㉡ 목성

• ㉢ 천왕성

2. 태양계의 행성은 크게 지구형 행성과 목성형 행성으로 나눌 수 있습니다. 빈칸에 들어갈 내용으로 알맞은 것은 무엇인가요? (   )

구분	지구형 행성	목성형 행성
구성 물질	단단한 암석 등의 고체	㉠
크기	작은 편	㉡
행성 이름	수성, 금성, 지구, 화성	목성, 토성, 천왕성, 해왕성

① ㉠-물과 같은 액체, ㉡-큰 편
② ㉠-단단한 암석 등의 고체, ㉡-큰 편
③ ㉠-단단한 암석 등의 고체, ㉡-작은 편
④ ㉠-수소와 헬륨 같은 기체, ㉡-큰 편
⑤ ㉠-수소와 헬륨 같은 기체, ㉡-작은 편

3. 해왕성은 푸른빛을 띠고 있어서 '푸른 진주'라는 별명을 가지고 있어요. 태양계 행성 중 하나를 골라 보기 처럼 별명을 짓고, 그 별명을 지은 까닭을 써 보세요.

보기 토성의 별명을 '훌라후프 돌리는 별'이라고 짓겠다. 토성의 둘레에 꼭 훌라후프처럼 보이는 고리가 있기 때문이다.

자, 이제 우리가 사는 지구에 대해 알아볼까? 지구는 태양으로부터 세 번째에 있는 행성이야. 약 46억 년 전에 태어났지. 지구가 어떻게 만들어졌는지에 대해서는 크게 두 가지 설이 있어. 하나는 태양에서 튀어나온 고온의 가스 덩어리가 식으면서 지구가 만들어졌다는 '고온 기원설'이야. 다른 하나는 우주 먼지와 비교적 온도가 낮은 가스 덩어리들이 뭉쳐 지구가 만들어졌다는 '저온 기원설'이란다. 이 중 저온 기온설이 더 타당하다고 말하는 과학자들이 많아.

지구가 처음 태어났을 때 지구에는 생명체가 없었어. 그러다가 뜨거운 가스와 먼지가 뭉쳐 구름이 생기고, 비가 내리면서 지구에 바다가 만들어졌지. 그 바다에서 생명체들이 생겨나기 시작했단다. 밝혀진 바에 따르면 태양계 행성 가운데서 생명체가 살 수 있는 곳은 지구밖에 없어.

지구의 가장 깊숙한 중심에는 '내핵'이 있어. 고체로 된 내핵은 아주 뜨거워. 내핵 바깥은 액체로 이루어진 '외핵'이 둘러싸고 있지. 외핵은 지구 부피의 가장 많은 부분을 차지하는 '맨틀'이 둘러싸고 있어. 그리고 맨틀 바깥쪽에는 땅 껍데기라고도 부르는 '지각'이 있지. 우리가 바로 그 위에 살고 있는 거야.

※ **고온**: 높은 온도.

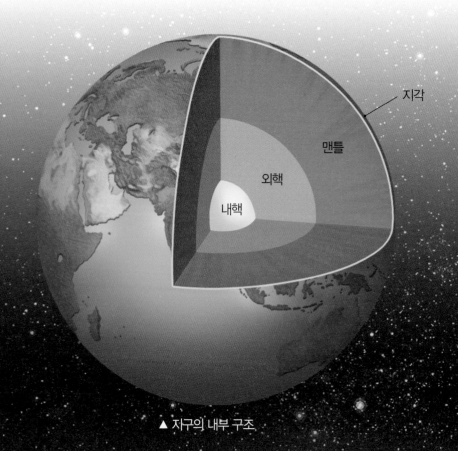

▲ 지구의 내부 구조

1. 지구에 대한 설명으로 알맞지 <u>않은</u> 것은 무엇인가요? (   )

① 외핵은 액체 상태이다.

② 약 46억 년 전에 생겨났다.

③ 태양으로부터 세 번째에 있는 행성이다.

④ 처음 태어났을 때부터 지구에는 생명체가 가득했다.

⑤ 내핵은 지구의 가장 깊숙한 중심에 있으며 고체 상태이다.

 2. 다음은 지구의 자전축과 관련된 내용입니다. 그림을 보며 (   ) 안에 들어갈 알맞은 말을 써넣으세요.

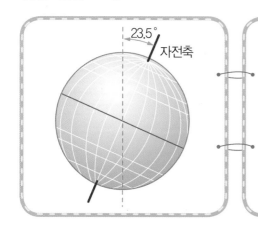

자전축은 지구가 자전할 때 중심이 되는 축이다. 지구의 ㉠(   )과 남극을 눈에 보이지 않는 막대기로 꿰뚫었다고 생각하면 된다. 지구의 자전축은 약 ㉡ (   ) 기울어져 있다.

지구가 비스듬히 기울어져 태양 주위를 공전하기 때문에 지표면에 닿는 태양 에너지의 양이 달라져 계절의 변화가 생긴다.

3주 2일
학습 끝!

붙임 딱지 붙여요.

 3. 지구에는 수많은 생명체가 더불어 살아가고 있습니다. 소중한 지구를 잘 보존하려면 어떤 노력을 기울여야 하는지, 또 왜 그렇게 해야 하는지 여러분의 의견을 써 보세요.

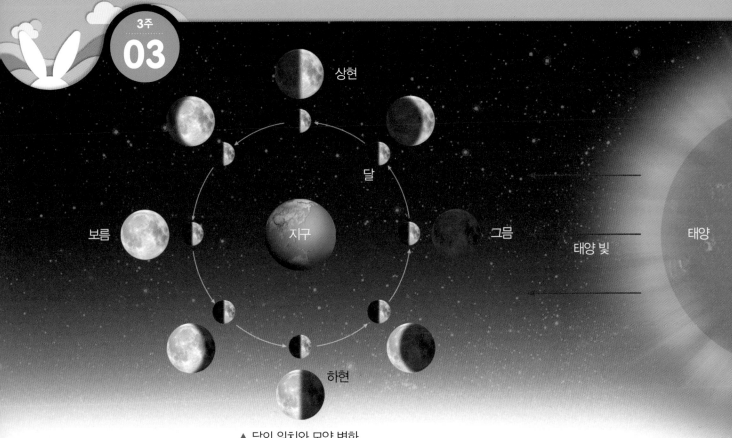

상현

달

그믐

태양 빛

태양

지구

보름

하현

▲ 달의 위치와 모양 변화

이번에 소개할 천체는 지구의 오랜 친구인 달이야. 달은 지구 주위를 도는 '위성'이란다. 까만 밤하늘에 휘영청 떠올라 어둠을 밝혀 주지만, 스스로 빛을 내지는 못하고 태양 빛을 받아서 빛나 보인단다.

날마다 모양을 바꾸는 달이지만 사실은 달도 지구처럼 둥그런 모양이야. 보름달이 달의 실제 모양이지. 그럼 초승달이나 그믐달은 뭐냐고? 그건 달이 모양을 바꾸는 게 아니라 지구 주위를 돌며 태양 빛을 받기 때문에 빛을 받은 부분이 달라져서 모습이 다 보였다 가려졌다 하는 거야.

달의 표면은 아주 울퉁불퉁해. 운석이 떨어져서 큰 구멍이 움푹움푹 패였거든. 또 낮과 밤의 기온 차이가 아주 커. 낮에는 영상 150도까지 올라가고, 밤에는 영하 150도까지 떨어지지. 또 달에는 공기가 없어. 그래서 달에서는 생물들이 살 수 없지.

달의 중력은 지구 중력의 6분의 1 정도야. 몸무게가 30킬로그램인 어린이는 달에서 5킬로그램 정도밖에 되지 않아. 달에서 높이뛰기를 한다면 중력이 약해서 여섯 배나 높이 뛸 수 있을걸. 그렇지만 달의 중력이 지구에 미치는 영향은 아주 커. 바닷물의 밀물과 썰물이 바로 달의 중력 때문에 생기거든. 달이 지구와 가까워지면 잡아당기는 힘이 세지면서 밀물이 되고, 멀어지면 당기는 힘이 약해져서 썰물이 되는 거야.

※ **운석**: 우주 공간을 떠다니는 물체.
※ **중력**: 천체의 표면에서 질량을 가진 물체에 작용하는 힘.

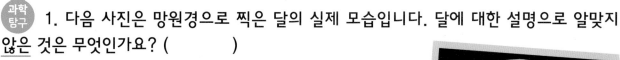

 1. 다음 사진은 망원경으로 찍은 달의 실제 모습입니다. 달에 대한 설명으로 알맞지 않은 것은 무엇인가요? (   )

① 스스로 빛을 내지 못한다.

② 지구 주위를 도는 위성이다.

③ 낮과 밤의 기온 차이가 아주 크다.

④ 실제로 날마다 크기와 모양이 달라진다.

⑤ 운석이 떨어져서 표면이 아주 울퉁불퉁하다.

2. 다음 중 달의 중력에 대한 설명으로 맞으면 ◯표를, 틀리면 ✕표를 하세요.

⑴ 달의 중력은 지구의 약 6분의 1이다. (   )

⑵ 달의 중력은 지구에 아무런 영향을 미치지 않는다. (   )

⑶ 지구에서 밀물과 썰물이 생기는 이유는 달의 중력 때문이다. (   )

⑷ 60킬로그램인 사람은 달에서 10킬로그램 정도밖에 되지 않는다. (   )

⑸ 달에서 높이뛰기를 한다면 지구에서 뛸 때의 약 6분의 1 높이밖에 뛸 수 없다. (   )

논술 **3. 우리 조상들은 정월 대보름이나 추석 때면 크고 둥근 보름달에 소원을 빌기도 하였습니다. 여러분은 달을 보며 어떤 소원을 빌고 싶은지 써 보세요.**

　너희들은 '귀신' 하면 무슨 생각이 떠오르니? 긴 머리카락과 옷자락, 그리고 갑자기 나타났다 사라지는 모습이 떠오르지 않니? 태양계 이야기를 하다 말고 왜 갑자기 오싹한 귀신 이야기를 하느냐고? 그건 지금부터 너희에게 소개할 혜성이 귀신과 비슷한 특성을 지녔기 때문이야.

　혜성은 귀신처럼 긴 꼬리를 달고 느닷없이 나타나 밤하늘을 가로질러 사라져. 그래서 옛사람들은 혜성을 귀신 별이라고 부르며 무척 두려워했어. 혜성을 보면 나쁜 일이 생긴다고 말이야.

　하지만 실제로 혜성은 저 멀리에서 날아오는 얼음덩어리일 뿐이란다. 얼음덩어리 속에는 메탄과 수소, 암모니아 등의 기체가 들어 있지. 이 얼음덩어리가 태양열을 받아 녹으면서 수증기와 기체가 되는데, 그것이 날리면서 혜성의 긴 꼬리를 만드는 거야. 혜성의 꼬리는 길이가 1억 킬로미터에서 3억 킬로미터까지 돼. 태양과 가까워질수록 얼음덩어리가 많이 녹으니까 당연히 꼬리도 길어지지.

　가장 널리 알려진 혜성으로는 약 76년마다 지구의 하늘을 지나가는 핼리 혜성이 있어. 핼리 혜성은 지난 1986년에 지나갔으니까 2062년에야 다시 볼 수 있단다.

　자, 태양계 여행은 이것으로 끝났어. 이제 더 먼 우주로 나가 볼까?

1. 다음 중 혜성에 대한 설명으로 알맞지 <u>않은</u> 것은 무엇인가요? (   )

① 긴 꼬리를 달고 나타난다.

② 혜성은 태양과 가까워질수록 꼬리가 짧아진다.

③ 옛사람들은 혜성을 귀신 별이라고 부르며 두려워했다.

④ 혜성은 메탄과 수소, 암모니아 등의 기체가 들어 있는 얼음덩어리이다.

⑤ 혜성의 꼬리는 태양열에 얼음덩어리가 녹으면서 생긴 수증기와 기체로 이루어진다.

 2. 이 글에서 다음 사진과 설명이 가리키는 것이 무엇인지 찾아 쓰세요.

- 가장 널리 알려진 혜성으로, 76년마다 지구의 하늘을 지나가는 혜성이다.
- 마지막 혜성이 1986년에 지나갔다.
- 영국의 천문학자 핼리가 처음으로 그 궤도와 궤도 주기를 계산했다.

(   )

3. 옛사람들은 혜성을 보면 나쁜 일이 생긴다고 두려워했지만 실제로 혜성은 얼음덩어리로 이루어진 천체일 뿐입니다. 이처럼 옛사람들이 정체를 정확히 알지 못해 두려워했던 자연 현상에는 또 무엇이 있을지 써 보세요.

별들의 집단, 은하

태양

▲ 옆에서 본 우리 은하

태양

▲ 위에서 본 우리 은하

우주에는 무수히 많은 별들이 있어. 별들은 끼리끼리 모여 집단을 이루고 있는데, 그 집단을 '은하'라고 해. 은하는 별들이 모인 모습이 마치 은빛으로 흐르는 강물처럼 보이기 때문에 붙여진 이름이란다.

하나의 은하에는 약 2000억 개의 별이 있어. 태양도 그 별들 가운데 하나야. 그림에서 태양을 한번 찾아보렴. 모퉁이의 아주 작은 점처럼 보일 뿐이야. 놀랍지?

태양이 속한 은하를 '우리 은하'라고 해. 우리 은하의 크기는 지름이 약 10만 광년[*]이야. 은하의 끝에서 출발해 빛의 속도로 10만 년을 날아가야 반대쪽에 닿을 수 있는 거야. 1초에 지구를 일곱 바퀴 반이나 도는 빠른 빛이 10만 년 동안 가야 할 거리라니, 우리 은하가 얼마나 큰지 짐작이 가니?

우리 은하의 모습은 위에서 보면 소용돌이 모양으로 생겼어. 옆모습은 비행접시처럼 생겼지. 가운데가 볼록하고 옆으로 갈수록 가늘어지거든. 우리 은하의 중심부에는 나이 든 별들이 많이 모여 있고, 가장자리로 갈수록 새로 태어난 어린 별들이 있단다. 태양은 우리 은하의 중심부에서 약 3만 광년쯤 떨어진 곳에 있어.

[*] **광년**: 천체와 천체 사이의 거리를 나타내는 단위. 1광년은 빛이 초속 30만 킬로미터의 속도로 1년 동안 나아가는 거리.

1. 우리 은하에 대한 설명으로 맞으면 ◯표를, 틀리면 ✕표를 하세요.

⑴ 중심부가 텅 비어 있다. (   )

⑵ 옆모습은 비행접시 모양이다. (   )

⑶ 우리 은하의 크기는 지름이 약 10만 광년이다. (   )

⑷ 우리 은하는 위에서 보면 소용돌이 모양으로 생겼다. (   )

2. 성단에 대한 다음 설명을 읽고, 그림이 어떤 성단을 나타내는지 알맞은 이름을 찾아 써 보세요.

- 은하 안에 아주 작은 별들이 모여 있는 것을 '성단'이라고 한다.
- 우리 은하에는 약 2000개의 성단이 있다.
- 성단은 별이 듬성듬성 모여 있는 '산개 성단'과 빽빽하게 공 모양으로 모여 있는 '구상 성단'으로 나눌 수 있다.
- 산개 성단은 주로 젊은 별들로 이루어져 있고, 푸른빛을 띠는 별이 많다. 구상 성단은 주로 늙은 별들로 이루어져 있고, 노란빛이나 붉은빛을 띠는 별이 많다.

(1)

(   )

(2)

(   )

3주 3일
학습 끝!

붙임 딱지 붙여요.

3. 여러분이 만약 우리 은하를 자유롭게 여행할 수 있다면 어느 곳에 가장 먼저 가 보고 싶은지 그 까닭과 함께 써 보세요.

우리 은하의 바깥쪽에는 또 다른 은하들이 있어. 은하는 크기와 모양이 아주 다양해. 모양에 따라 몇 가지로 구별할 수 있는데, 크게는 '나선 은하', '타원 은하', '불규칙 은하' 등이 있지. 나선 은하는 겉보기에 공 모양의 중심부와 그 주위에 나선 모양의 팔이 감겨진 것처럼 보이는 은하야. 타원 은하는 수천억 개의 별이 공 모양이나 타원 모양으로 분포한 은하이고, 불규칙 은하는 구조나 모양이 일정하지 않은 은하란다. 우리 은하는 이 가운데서 '나선 은하'에 속해.

은하들은 서로 멀찍이 떨어져 있어. 우리 은하에서 가장 가까운 은하까지의 거리가 17만 광년이나 돼. 이렇게 서로 멀찍이 떨어져 있는 은하가 우주에는 자그마치 1000억 개 정도나 있대. 우주는 사람이 상상할 수도 없을 만큼 넓은 거야.

그럼 우주의 크기는 얼마나 되냐고? 아직까지는 누구도 우주의 크기를 정확히 밝힐 수 없었어. 어쩌면 영원히 우주의 크기를 잴 수 없을지도 몰라. 일부 과학자들의 말에 따르면 우주는 지금 이 순간에도 점점 커지고 있다니까.

우리는 지금까지 태양계를 거쳐 우리 은하, 그리고 끝을 알 수 없는 우리 은하 밖까지 우주여행을 했어. 이제 그 긴 여행을 마쳐야 할 때가 온 것 같구나. 아쉽다고? 너무 서운해하지 마. 아직 별에 관한 마지막 이야기가 남아 있으니까.

▲ 나선 은하　　　　▲ 타원 은하　　　　▲ 불규칙 은하

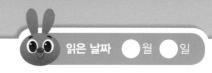

과학
탐구
1. 이 글에서 알 수 있는 내용이 <u>아닌</u> 것은 어느 것인가요? (   )

① 우주의 크기는 정확히 알 수 없다.

② 은하들은 서로 멀찍이 떨어져 있다.

③ 우리 은하 밖에 다른 은하들이 있다.

④ 은하는 크기와 모양이 모두 일정하다.

⑤ 우주에는 1000억 개 정도의 은하가 있다.

과학
탐구
2. 다음 보기 에서 설명하고 있는 것은 무엇인가요? (   )

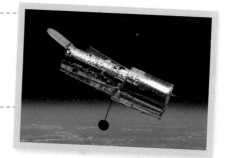

보기 ▶
• 별이나 우주를 관측할 때 쓰는 천체 망원경이다.
• 지구 상공 610만 킬로미터에서 우주를 관찰하고 있다.
• 은하를 모양에 따라 분류한 미국 과학자 이름과 같다.

① 현미경 　　　　② 잠망경

③ 굴절 망원경 　　④ 허블 우주 망원경

⑤ 케플러 우주 망원경

논술
3. 끝을 알 수 없을 만큼 넓은 우주에는 수많은 별과 행성, 위성 등이 있습니다. 우주에 대해 궁금한 점을 두 가지 이상 써 보세요.

밤하늘 별자리 이야기

마지막으로 들려줄 이야기는 별과 사람들의 관계에 대한 이야기야. 사람들은 아주 오랜 옛날부터 밤하늘의 별들을 바라보았어. 몇 개의 별들을 이어 그림을 그리고는 거기에 동물이나 영웅, 신의 이름을 붙였지. 그것을 '별자리'라고 해. 꽤 심심했던 모양이라고? 아니야. 그렇게 한 데에는 중요한 이유가 있단다.

옛날에는 시계나 달력이 없었어. 그래서 별들의 움직임을 보고 시간과 계절을 가늠했지. 그러자면 별 하나하나를 기억하기보다 여러 개의 별을 그림으로 묶어 외우는 편이 훨씬 편했던 거야.

옛사람들은 항해를 할 때도 별자리를 보고 방향을 잡았어. 정확한 달력이 만들어지기 전에는 별자리를 달력으로 삼아 농사를 지었지. 밤하늘에 봄의 별자리가 보이면 씨를 뿌리고, 가을 별자리가 나타나면 가을걷이를 준비한 거야.

우리나라에서는 봄철 밤하늘에서 처녀자리, 사자자리, 목동자리 등을 볼 수 있어. 여름이면 백조자리, 전갈자리, 거문고자리를 볼 수 있지. 가을에는 염소자리, 페가수스자리, 물고기자리를 볼 수 있고, 겨울에는 쌍둥이자리, 황소자리, 오리온자리를 볼 수 있단다. 물론 사계절 내내 볼 수 있는 별자리도 있어. 북반구에 위치한 우리나라에서는 북쪽에 있는 카시오페이아자리와 큰곰자리, 작은곰자리를 늘 볼 수 있지. 이 중 큰곰자리 안에는 북두칠성이 들어 있어. 꼬리 부분에 있는 일곱 개의 별이 바로 국자 모양의 북두칠성이란다.

* **북반구**: 적도를 경계로 지구를 둘로 나누었을 때의 북쪽 부분.

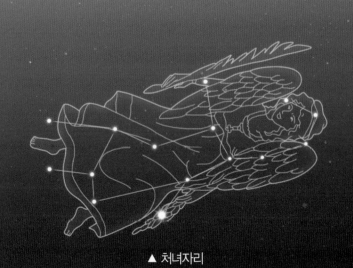

▲ 처녀자리

▲ 염소자리

1. 다음은 우리나라에서 계절에 따라 볼 수 있는 별자리를 정리해 놓은 것입니다.
( ) 안에 들어갈 알맞은 계절을 쓰세요.

⑴ ( )의 별자리: 쌍둥이자리, 황소자리, 오리온자리

⑵ ( )의 별자리: 처녀자리, 사자자리, 목동자리

⑶ ( )의 별자리: 염소자리, 페가수스자리, 물고기자리

⑷ ( )의 별자리: 백조자리, 전갈자리, 거문고자리

 2. 다음에서 설명하는 별자리의 이름을 써 보세요.

북극성 주위에서 가장 크고 밝게 빛나는 별자리로, 우리나라에서 1년 내내 볼 수 있다. 북두칠성이 등과 꼬리를 이루고 있다. 북쪽 하늘의 대표적인 별자리이다.

( )

3. 옛사람들은 별자리에 신이나 영웅, 동물의 이름을 붙여 이야기를 엮었습니다. 별자리 이야기 중 하나를 조사해서 써 보세요.

옛날 서양 사람들은 별자리 가운데서도 황도 12궁이라는 별자리들을 중요하게 여겼어. '황도'는 쉽게 말하면 지구 쪽에서 보았을 때 태양이 지나가는 길이야. 실제로는 지구가 태양 주위를 돌지만, 지구에서 보면 태양이 움직이는 것처럼 보이잖아. 그 길에 나타나는 열두 개의 별자리가 황도 12궁이란다. 사람들은 황도 12궁으로 미래를 점치고는 했어. 오늘날에도 우리가 태어난 달을 대표하는 별자리로 운세를 보곤 하지.

별자리의 역사는 아주 오래되었단다. 지금으로부터 약 5000년 전 바빌로니아에 사는 양치기들이 처음 별자리에 이름을 붙였다고 해. 그 뒤에 이집트, 그리스 등 세계 곳곳의 사람들이 저마다 별자리에 이름을 붙였지. 그러다 보니 같은 별자리라도 부르는 이름이 서로 달랐어. 그래서 1930년 국제 천문 연맹에서는 별자리를 88개로 정리하고 별자리 이름을 통일했단다.

이제 사람들은 시간과 계절을 알기 위해 별을 보지 않아도 돼. 별자리로 미래를 점치는 경우도 드물지. 밤하늘의 별을 보는 일이 점점 드물어진 거야. 과학 기술이 발달해서 별에 대해 더 많은 것을 알게 되었지만, 어쩌면 별과의 거리는 더 멀어진 것인지도 몰라. 오늘밤 밤하늘의 별들을 한번 올려다보는 것이 어떨까? 우리도 밤하늘의 별들처럼 우주의 일부라는 것을 생각하면서 말이야.

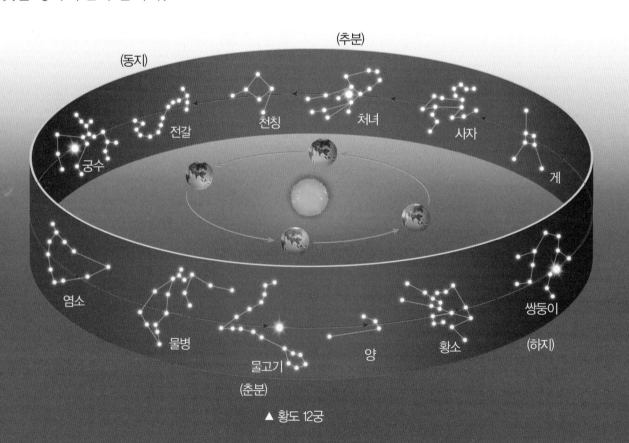

▲ 황도 12궁

1. 별자리에 관한 설명 중 알맞지 <u>않은</u> 것은 무엇인가요? (   )

① 별자리의 역사는 아주 오래되었다.

② 사람들은 황도 12궁으로 미래를 점치고는 했다.

③ 옛날 서양 사람들은 황도 12궁을 중요하게 여겼다.

④ 1930년 국제 천문 연맹에서는 별자리 이름을 통일했다.

⑤ 중국에 사는 양치기들이 처음 별자리에 이름을 붙이기 시작했다.

 2. 계절에 따라 관찰되는 별자리가 달라지는 까닭은 무엇인가요? (   )

① 태양이 지구의 주위를 돌기 때문에

② 태양이 별들의 주위를 돌기 때문에

③ 별들이 지구의 주위를 돌기 때문에

④ 지구가 제자리에서 도는 자전을 하기 때문에

⑤ 지구가 태양의 주위를 도는 공전을 하기 때문에

 3. 우리나라의 밤하늘에서 사계절 내내 볼 수 있는 '카시오페이아자리'의 별들입니다. 별들을 이어서 여러분만의 별자리를 그리고, 별자리의 이름을 붙여 보세요. 또 그 이름을 붙인 까닭도 써 보세요.

3주 4일
학습 끝!

붙임 딱지 붙여요.

(1) 이름:

(2) 까닭:

| '별과 우주'를 읽고, 다음 설명에 해당하는 천체를 보기 에서 찾아 이름을 써 보세요.

보기   수성   토성   달   해왕성   금성   목성   천왕성

(1) (　　　　　　　)
태양에서 가장 멀리 떨어져 있는 행성이다. 그래서 매우 춥다.

태양
엄청난 양의 빛과 열을 내뿜는다. 표면 온도가 무려 6000도나 된다.

(2) (　　　　　　　)
태양에서 가장 가까운 행성이다. 표면이 달처럼 울퉁불퉁하다.

(3) (　　　　　　　)
태양의 주위를 도는 행성 가운데 가장 크다. 가스로 이루어져 있다.

(4) (　　　　　　　)
샛별, 개밥바라기별이라고 불린다. 표면이 뜨겁고 산성 구름으로 덮여 있다.

(5) (　　　　　　　)
지구를 도는 위성으로, 낮과 밤의 기온 차가 매우 크다.

지구
태양으로부터 세 번째에 있는 행성이다. 약 46억 년 전에 태어났다.

화성
계곡과 화산이 많다. 아주 오래전에 물이 흐른 자국이 있다고 한다.

(6) (　　　　　　　)
대기에 메탄가스가 많아서 푸른빛을 띠고 있다. 어두운 색을 띠는 고리가 있다.

(7) (　　　　　　　)
태양계에서 목성 다음으로 큰 행성이다. 화려한 빛깔의 고리가 있다.

2 다음 천체에 대한 설명으로 알맞는 것을 찾아 줄로 이으세요.

(1) 항성 •

(2) 행성 •

(3) 위성 •

• ㉠ 지구처럼 항성의 둘레를 도는 천체

• ㉡ 달처럼 행성의 주위를 도는 작은 천체

• ㉢ 태양처럼 늘 제자리에 있는 붙박이별

3 다음 사진과 설명을 보고 보기 에서 해당하는 이름을 찾아 써 보세요.

보기   태양계   행성   항성   혜성   은하

(1)

태양의 둘레를 도는 긴 꼬리를 가진
천체이다. (　　　　　　　)

(2)

별들이 모여 집단을 이루고 있는 것
이다. (　　　　　　　)

4 이 글을 읽기 전과 읽은 후에 우주에 대해 변화된 생각을 써 보세요.

궁금해요

우주 개발의 발자취를 살펴봐요

사람들은 오랜 옛날부터 우주로 가는 꿈을 꾸었어요. 과학 기술이 발달하자, 그 꿈을 이루기 위해 본격적으로 우주 개발을 시작했지요. 우주에 인공위성을 쏘아 올리고, 우주선을 타고 달에도 갔어요. 인류가 어떻게 꿈을 이루어 가고 있는지, 지금부터 우주 개발의 역사를 자세히 살펴볼까요?

최초의 인공위성 발사

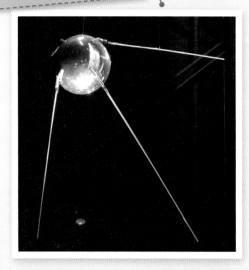

1957년 10월 소련(지금의 러시아)이 스푸트니크 1호를 발사하는 데 성공했어요. 스푸트니크 1호는 축구공만한 크기의 인공위성으로 간단한 통신 장비를 갖추었지요.

최초로 우주여행을 한 생명체 '라이카'

1957년 11월에는 최초로 생명체를 태운 인공위성 스푸트니크 2호가 우주로 날아갔어요. 지구 최초로 우주여행을 한 생명체는 '라이카'라는 개였어요.

달 탐사 시작

1959년 9월 소련이 보낸 탐사선 루나 2호가 최초로 달 표면에 도착했고 달 탐사를 했어요.

인류 최초의 우주여행

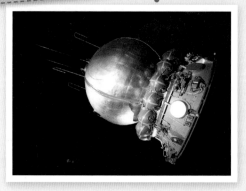

1961년 4월 마침내 우주 비행사 유리 가가린을 태운 보스토크 1호가 우주여행에 성공했어요. 보스토크 1호는 108분 동안 지구 궤도를 돈 뒤 무사히 지구로 돌아왔지요.

우주 유영을 시도하다

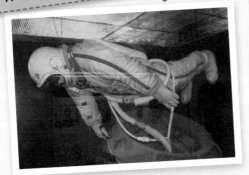

1965년 3월 우주 비행사 알렉세이 레오노프가 우주선의 해치를 열고 우주 공간으로 나가서 12분 9초 동안 헤엄치듯 유영을 했답니다.

달에 인류의 발자국을 찍다

1969년 7월 20일 인류는 마침내 달에 첫발을 내디뎠어요. 미국의 우주선 아폴로 11호가 달 착륙에 성공한 거예요.

국제 우주 정거장

소련이 1971년 우주 정거장 살류트 1호와 1986년 미르를 발사한 데 이어 1998년 이후 미국을 비롯한 세계 각국이 참여하여 국제 우주 정거장을 짓고 있어요. 우주 정거장은 지구 궤도를 돌며 천체를 관측하거나 우주선에 연료를 보급하는 등의 다양한 일을 한답니다.

우주 개발은 지금도 진행 중

우주 개발은 지금도 활발히 진행되고 있어요. 많은 나라에서 인공위성과 우주선, 행성을 조사하는 탐사선을 우주로 보내고 있지요. 우리나라에서는 1992년 8월 인공위성 '우리별 1호'를 발사하는 데 성공하면서 우주 개발에 합류했어요.

현재 과학자들은 우주에 도시를 건설하기 위한 준비를 하고 있어요. 우주 도시를 세울 장소로는 달의 궤도를 꼽고 있지요. 우주 도시는 태양열을 에너지로 이용할 계획이라고 해요. 이제 인류가 우주 도시에서 생활할 수 있게 될 날도 머지않았답니다.

 우리나라가 최초로 우주에 쏘아 올린 인공위성의 이름은 무엇인가요?

내가 할래요

별 이름을 지어 볼까요?

하늘에서 새로운 천체를 발견하면 그것에 이름을 붙일 수 있는 권한이 주어져요. 이름을 지은 뒤 국제 천문 연맹의 승인을 얻으면 되지요. 지금까지 발견되어 이름을 얻은 소행성이 무려 7000개나 된답니다. 만약 여러분이 별을 발견한다면 어떤 이름을 짓고 싶은지, 그 까닭과 함께 써 보세요.

별 이름	발견한 사람	별 이름을 붙인 이유
세종	일본 천문하자 와타나베 가즈오	도쿄 천문대 교수 후루가와 기이치로 씨는 동양에도 뛰어난 과학자가 있음을 널리 알리기 위해 동료 와타나베 가즈오 씨가 발견한 소행성에 '세종'이라는 이름을 붙였다. 세종은 지름이 5~6킬로미터인 소행성으로 화성과 목성 사이에 있다.
최무선 이천 장영실 이순지 허준	한국 천문 연구원의 전영범 박사와 이병철 연구원	2000~2002년에 보현산 천문대에서 발견한 소행성에 우리 과학을 빛낸 다섯 위인의 이름을 붙였다. 이는 우리나라의 뛰어난 과학자를 세계에 널리 알리기 위해서였다.

우리도 최고로 멋진 이름을 짓자!

3주 학습 끝!

확인할 내용	잘함	보통임	부족함
1. 이번 주 학습을 5일(월요일~금요일) 안에 끝마쳤나요?			
2. 태양계가 어떻게 이루어져 있는지 잘 이해하였나요?			
3. 우주에 있는 다양한 천체를 잘 설명할 수 있나요?			
4. 계절에 따른 별자리를 잘 구분할 수 있나요?			

별 이름 (㉠)	발견한 사람 (㉡)	별 이름을 붙인 까닭 (㉢)

전하는 말

4주

희곡은
어떻게 쓸까요?

생각톡톡 희곡은 무엇을 하기 위해 쓰인 글인지 보기 에서 찾아 쓰세요.

보기   발레   콘서트   연극   뉴스   (   )

관련교과   [국어 6-1] 희곡의 특성을 생각하며 작품 읽기, 이야기를 희곡 형식으로 바꾸어 표현하기
            [국어 6-2] 등장인물이 처한 상황에 알맞게 연극 공연하기

희곡 읽어 보기

나무 그늘을 산 총각

때: 무더운 여름날
곳: 커다란 나무 아래
나오는 사람: 총각, 욕심쟁이 영감

제1장

　무대에 커다란 나무가 있고, 조명으로 나무 그늘을 만든다. 그늘에는 총각이 누워 낮잠을 자고 있다. 맴맴, 매미 소리가 커지다 작아진다. 이때 욕심쟁이 영감이 등장한다.

욕심쟁이 영감: (총각을 지팡이로 툭툭 치며) 이놈! 내 나무 그늘에서 썩 비켜라!
총각: (졸린 듯 눈을 비비고 부스스 일어나며) 예? 영감님의 나무 그늘이라고요? (어리둥절한 표정으로) 나무 그늘에 주인이 어디 있어요?
욕심쟁이 영감: (지팡이로 나무 뒤쪽의 집을 가리키며) 요 집이 내 집이야. (지팡이로 나무를 툭툭 치며) 내 집 앞에 있으니까 내 나무고, (지팡이로 그늘을 가리키며) 내 나무가 만든 그늘이니까 내 것이지. (지팡이로 총각을 찌르며) 그러니 썩 비키게.

이해력 1. 이 글에서 욕심쟁이 영감이 총각을 깨운 까닭은 무엇인가요? (   )

① 총각에게 길을 물어보려고   ② 나무가 곧 쓰러질 것 같아서

③ 총각이 길을 막고 누워 있어서   ④ 자신의 나무 그늘에서 비키라고

⑤ 날이 더우니 그늘 쪽에서 자라고

비판력 2. 이 글은 무대에서 연극을 하기 위해 쓴 희곡입니다. 희곡에서 다음 내용을 소개하는 부분을 무엇이라고 하나요? (   )

> 때: 무더운 여름날
> 곳: 커다란 나무 아래
> 나오는 사람: 총각, 욕심쟁이 영감
>
> 제1장
>
>   무대에 커다란 나무가 있고, 조명으로 나무 그늘을 만든다. 그늘에는 총각이 누워 낮잠을 자고 있다. 맴맴, 매미 소리 커지다 작아진다. 이때 욕심쟁이 영감이 등장한다.

① 사건   ② 해설   ③ 주제   ④ 예문   ⑤ 줄거리

논술 3. 이 글에서 욕심쟁이 영감은 나무 그늘이 자기 것이라고 주장하고 있습니다. 나오는 사람의 성격과 관련지어 볼 때, 욕심쟁이 영감의 생김새와 의상은 어떻게 표현하는 것이 좋을지 써 보세요.

총각: (화가 난 표정으로 생각에 잠긴 모습이다. 그러나 곧 좋은 꾀가 떠오른 듯 욕심쟁이 영감을 쳐다보고 빙긋 웃으며) 영감님, 이 나무 그늘을 저한테 파세요.

욕심쟁이 영감: (놀란 표정으로 총각을 보며) 뭐? 나무 그늘을 팔아?

총각: (고개를 끄덕이며) 예. 돈을 드릴 테니 저에게 파십시오.

욕심쟁이 영감: (고개를 돌려 혼잣말로) 바보 녀석이로군. (애써 웃음을 참으며) 자네가 그렇게 간곡히 부탁하니 내 닷 냥에 팔겠네.

총각: (주머니에서 돈을 꺼내 욕심쟁이 영감에게 주며) 여기 닷 냥이에요.

욕심쟁이 영감: (돈을 받아 하나씩 세며) 하나, 둘, 셋, 넷, 다섯. 그래, 닷 냥 맞네.

총각: (손으로 나무 그늘을 가리키며) 이제 이 나무 그늘은 제 것입니다.

욕심쟁이 영감: (돈을 손에 꼭 쥔 채 총각에게 엄한 목소리로) 알겠네. 대신 다시 돈을 돌려 달라고 하면 안 되네!

총각: (나무 그늘 아래에 벌렁 드러누우며) 당연하지요.

영감이 크게 웃으며 퇴장한다. 매미 소리가 점점 커지며 무대가 어두워진다.

분석력 1. 희곡에서 나오는 사람의 행동이나 표정, 분위기, 장면 등을 지시하는 글을 '지문'이라고 합니다. 보기 의 두 문장에서 지문에 해당하는 부분을 찾아 써 보세요.

> **보기** • 욕심쟁이 영감: (놀란 표정으로 총각을 보며) 뭐? 나무 그늘을 팔아?
> • 총각: (고개를 끄덕이며) 예. 돈을 드릴 테니 저에게 파십시오.

(1)

(2)

분석력 2. 희곡에서 나오는 사람이 하는 말을 '대사'라고 합니다. ㉠~㉣ 중 대사에 해당하는 것 두 가지를 찾아 기호를 써 보세요. (   )

> 욕심쟁이 영감: ㉠(고개를 돌려 혼잣말로) 바보 녀석이로군. (애써 웃음을 참으며) ㉡자네가 그렇게 간곡히 부탁하니 내 닷 냥에 팔겠네.
> 총각: ㉢(주머니에서 돈을 꺼내 욕심쟁이 영감에게 주며) ㉣여기 닷 냥이에요.

논술 3. 이 글에서 중심 사건은 욕심쟁이 영감이 총각에게 돈을 받고 나무 그늘을 판 것입니다. 욕심쟁이 영감이 현명한 사람이었다면 다음 상황에서 어떤 말을 했을지 써 보세요.

> 총각: (고개를 끄덕이며) 예. 돈을 드릴 테니 저에게 파십시오.
> 욕심쟁이 영감: (고개를 돌려 혼잣말로) 바보 녀석이로군. (애써 웃음을 참으며) 자네가 그렇게 간곡히 부탁하니 내 닷 냥에 팔겠네.

제2장

　불이 켜지면 욕심쟁이 영감이 집 안에 앉아 있고, 마당 쪽으로 나무 그늘이 드리워진 것이 보인다. 그때 총각이 마당으로 성큼성큼 걸어 들어온다.

욕심쟁이 영감: (깜짝 놀라 총각을 보더니 화난 목소리로) 아니, 이놈 보게. 왜 남의 집 마당에 함부로 들어오는 게냐?

총각: (피식 웃으며) 아이고, 영감님! 그렇게 다짜고짜 화부터 내시면 어쩝니까? 저는 그저 제 나무 그늘을 따라왔을 뿐이라고요. (마당의 나무 그늘에 벌렁 드러누우며) 아이고, 편하다!

욕심쟁이 영감: (화난 목소리로) 어허, 이거 참! (혼잣말로) 제 나무 그늘에 누웠으니 나가라고 할 수도 없고…….

　나무 그림자가 점점 움직여 욕심쟁이 영감네 집 안방까지 길게 드리워진다. 총각은 벌떡 일어나 욕심쟁이 영감네 집 안방으로 들어간다.

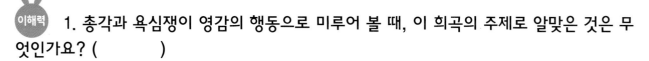

이해력 1. 총각과 욕심쟁이 영감의 행동으로 미루어 볼 때, 이 희곡의 주제로 알맞은 것은 무엇인가요? (   )

① 자연을 보호하자.   ② 이웃과 사이좋게 지내자.

③ 나이 든 어른을 공경하자.   ④ 좋은 물건은 미리 사 두자.

⑤ 지나치게 욕심을 부리지 말자.

분석력 2. 이 글에는 '제2장'이라는 표시가 있습니다. 이 표시로 알 수 있는 것은 무엇인가요? (   )

① 나오는 사람의 순서를 알 수 있다.

② 앞으로 어떤 일이 벌어질지 알 수 있다.

③ 무대의 배경이 바뀌었다는 것을 알 수 있다.

④ 결말이 비극으로 끝난다는 것을 알 수 있다.

⑤ 나오는 사람이 두 명이라는 것을 알 수 있다.

논술 3. 총각이 욕심쟁이 영감네 집 안방으로 들어간 뒤 어떤 일이 일어날까요? 다음 이야기를 상상해서 희곡의 짜임에 맞게 빈칸을 채워 보세요.

짜임		내용
발단	나오는 사람, 배경 등을 소개하며 이야기를 시작함.	욕심쟁이 영감이 나무 그늘에서 비키라며 낮잠 자는 총각을 깨움.
상승 (전개)	나오는 사람 사이에 갈등이 생기기 시작함.	총각이 욕심쟁이 영감에게 나무 그늘을 산 뒤, 그늘을 따라 영감네 집 마당으로 들어감.
절정	나오는 사람 사이의 갈등이 아주 심각해짐.	(1)
하강	갈등이 해결될 실마리가 제공되고 사건의 극적 반전이 이루어짐.	(2)
대단원	나오는 사람 사이의 갈등이 해결됨.	(3)

4주 1일
학습 끝!

붙임 딱지 붙여요.

02 만화를 희곡으로 바꾸어 쓰기

1. 이 만화에 나오는 사람의 성격으로 알맞은 것은 어느 것인가요? (   )

① 남동생: 남의 일에 무관심하다.

② 여동생: 신경질을 잘 내고 이기적이다.

③ 봉구 엄마: 마음이 여리고 화를 잘 못 낸다.

④ 민아: 다른 사람의 행동을 무조건 따라 한다.

⑤ 봉구: 성격이 활발하며 장난치는 것을 좋아한다.

 2. 이 만화를 희곡으로 바꾸어 쓸 때 해설에 들어갈 내용을 써 보세요.

때: 어느 한낮

곳: ㉠

나오는 사람: ㉡

제1장

무대 설명: ㉢

3. 다음은 이 만화를 보고 쓴 희곡의 일부분입니다. 빈칸에 지문과 대사를 넣어 희곡을 완성해 보세요.

봉구: (빨간 보자기를 망토처럼 두르고 아이들 곁으로 다가오며) 에헴, 어떠냐?

여동생: ㉠(   ) 오빠, 멋지다!

남동생: (엄지손가락을 치켜들며) 형, 슈퍼맨 같아!

봉구: ㉡(   ) 야호, 나는 슈퍼맨이다! 날 당할 자, 그 누구냐!

　(갑자기 먼 곳을 보더니 당황하며) 앗! 위기 상황 발생! (급히 놀이 기구에서 내려오다 스카프에 걸려 넘어지며) 어이쿠!

　그때 봉구 엄마가 헐레벌떡 무대로 뛰어 들어온다.

엄마: (봉구를 두 손으로 꽉 잡으며) 이 녀석, ㉢

봉구: (몸을 버둥대며) ㉣

민아: (끌려가는 봉구를 보며) 쯧쯧, 언제 철이 들려고.

115

이야기를 희곡으로 바꾸어 쓰기

가난한 화가의 선물

화가 이중섭은 친구인 구상 시인이 병원에 입원했다는 소식을 듣고 고민에 빠졌어요.

"아픈 친구에게 사 주고 싶은 게 있는데 돈이 없으니, 어쩌면 좋단 말인가?"

마음 같아서는 한달음에 달려가고 싶었지만, 빈손으로 가는 것이 마음에 걸렸지요.

며칠 뒤, 이중섭이 드디어 친구의 병문안을 왔어요. 그동안 이중섭이 오기를 내내 기다렸던 구상은 섭섭한 목소리로 말했어요.

"아니, 자네 왜 이제야 왔나?"

"미안하네. 빈손으로 오자니 발길이 떨어져야 말이지. 대신 이걸 가져왔네."

이중섭은 부끄럽다는 듯 그림 한 장을 구상에게 건넸어요. 그림에는 탐스럽고 먹음직해 보이는 복숭아가 그려져 있었지요.

"옛말에 복숭아를 먹으면 무병장수한다더군. 이걸 먹고 어서 일어나게."

이중섭이 아픈 친구에게 꼭 사 주고 싶은 것은 복숭아였어요. 하지만 복숭아 한 알도 살 돈이 없었지요. 그래서 복숭아를 그림으로 그리느라 병문안에 늦은 거예요.

"아니, 이 사람이……. 고맙네."

친구의 따뜻한 마음에 구상은 이중섭의 손을 꼭 쥐었답니다.

※ 무병장수: 병 없이 건강하게 오래 삶.

분석력 1. 이 글에서 알 수 있는 주인공에 대한 설명으로 알맞지 <u>않은</u> 것은 무엇인가요?

( )

① '이중섭'이다.　　　　　　　　② 병원에서 일한다.

③ 직업이 화가이다.　　　　　　④ 가난한 사람이다.

⑤ 따뜻한 마음을 가진 인물이다.

추리력 2. 만약 여러분의 친구가 아파서 병원에 입원해 있다면 어떤 그림으로 마음을 전할지 자유롭게 그려 보세요.

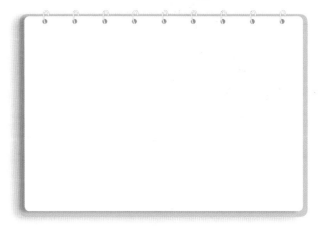

논술 3. 다음은 이 글을 희곡으로 바꾸어 쓴 일부분입니다. 빈칸에 들어갈 알맞은 내용을 써넣어 희곡을 완성해 보세요.

제1장

　이중섭이 초라한 자신의 방 안에 어두운 얼굴로 앉아 있다.

이중섭: (상 위에 턱을 괴고 고민하는 표정으로) 친구가 아프다니 당장 가 봐야 하는데, 차마 빈손으로 갈 수는 없고. 이를 어쩐다…….

　조명 점점 어두워지다 불이 꺼진다.

㉠ _____

　조명이 점점 밝아진다. ㉡ _____ 에 구상이 누워 있고, 이중섭이 걸어 들어온다.

구상: ㉢(_____) 아니, 자네 왜 이제야 왔나?

이중섭: (미안한 표정으로) 빈손으로 오자니 발길이 떨어져야 말이지. ㉣(_____

_____) 대신 이걸 가져왔네. 옛말에 복숭아를 먹으면 무병장수한다더군. 이걸 먹고 어서 일어나게.

구상: ㉤(_____) 아니, 이 사람이……. 고맙네.

117

얼마 전 옆집으로 이사오신 김할머니는

매일 이른 아침마다 골목길 청소를 하십니다.

그런데 김할머니는 늘 당신 집 앞보다

우리집 앞을 먼저 쓸어주십니다.

이런 인심 덕분에 서로서로

옆집을 쓸어주는 주민들이 늘어나면서

우리동네가 말끔해졌습니다.

깨끗해진 동네만큼

인심도 한층 더 훈훈해졌습니다.

보이지 않는 따뜻한 손길이
마음을 움직이는 큰 힘이 됩니다

kobaco 한국방송광고공사
공익광고협의회

1. 이 광고를 희곡으로 바꿀 때 알맞지 <u>않은</u> 것은 무엇인가요? (   )

① 주민들이 김 할머니를 칭찬하는 대사를 넣는다.

② 김 할머니를 게으른 성격을 가진 인물로 표현한다.

③ 김 할머니가 청소를 하는 동작을 지문에 써넣는다.

④ 김 할머니 외에 동네 주민들도 '나오는 사람'에 넣는다.

⑤ 동네 주민들이 옆집 앞을 빗자루로 쓰는 동작을 지문에 넣는다.

2. 김 할머니는 매일 골목길을 청소하며, 이웃집 앞을 먼저 쓸어 줍니다. 무대에 필요한 소도구를 써 보세요.

3. 이 광고를 희곡으로 바꾸려고 합니다. 희곡에 알맞은 제목을 붙인 뒤, 해설에 들어갈 내용을 빈칸에 써 보세요.

제목: ㉠

때: ㉡

곳: ㉢

나오는 사람: ㉣   , 아이, 아이의 엄마, 동네 주민 1, 동네 주민 2

제1장

무대 설명: ㉤

4주 2일 학습 끝!

붙임 딱지 붙여요.

엄마,
저 풀은 이름이 뭐예요?

땅 속에 묻어도 썩지 않는 쓰레기들이 토양을 오염시키고 있습니다.
우리 아이들의 땅을 쓰레기만 자랄 수 있는 땅으로 만드시겠습니까?

kobaco 한국방송광고공사
공익광고협의회

이해력 1. 이 포스터는 환경 오염을 막자는 공익 광고입니다. 다음 중 환경 오염을 막는 방법으로 알맞지 <u>않은</u> 것은 무엇인가요? (   )

① 물을 아껴 쓴다.   ② 나무를 많이 심는다.

③ 대중교통을 이용한다.   ④ 나무젓가락을 자주 사용한다.

⑤ 농촌에서는 화학 비료의 사용을 줄인다.

이해력 2. 광고를 보고 희곡에 들어가는 '인물, 사건, 배경, 주제'를 정리해 보았습니다.
(   ) 안에 들어갈 알맞은 말을 써 보세요.

엄마, 저 풀은 이름이 뭐예요?	→ 인물: ㉠( ), 아이
아이가 어느 곳을 가리킴.	→ 사건: 산길을 가던 아이가 땅속에 묻힌 ㉡( )를 발견함.
땅속에 초록색 비닐봉지가 묻혀 있음. 옆에는 새싹들도 있음.	→ 배경: 새싹이 돋아나기 시작하는 봄의 산. 땅속에 초록색 비닐봉지가 묻혀 있음.
썩지 않는 쓰레기들이 토양을 오염시키고 있습니다. 우리 아이들의 땅을 쓰레기만 자랄 수 있는 땅으로 만드시겠습니까?	→ 주제: 환경 오염을 막기 위해서라도 땅속에 ㉢( )를 함부로 묻지 말자.

논술 3. 다음은 광고를 보고 쓴 희곡의 일부분입니다. 빈칸에 지문과 대사를 넣어 희곡을 완성해 보세요.

영호: (신기한 표정으로 여기저기 둘러보며) 와! 엄마, 땅에 새싹이 돋았어요.

엄마: (고개를 끄덕이며) 그러게. 이제 정말 봄이 온 것 같구나.

영호: (풀들을 둘러보다 고개를 갸웃하더니) 저 풀은 진짜 크네? (초록색 비닐봉지를 가리킨 채 엄마를 보며) ㉠_____

엄마: (영호가 가리킨 곳을 보며) 어머! 저건 초록색 비닐봉지잖아.

영호: ㉡(   ) 비닐봉지요?

엄마: (영호를 돌아보면서) 그래, 쓰레기가 담긴 비닐봉지야. (못마땅한 표정으로) ㉢_____

_____

▲ 김홍도의 '서당'

추리력 1. 이 그림은 조선 시대 화가 김홍도가 그린 '서당'이라는 작품입니다. 이런 그림의 종류는 무엇인가요? (   )

① 풍속화   ② 추상화   ③ 정물화   ④ 초상화   ⑤ 종교화

추리력 2. 서당은 조선 시대의 대표적인 교육 기관입니다. 다음 중 조선 시대에 서당에서 공부할 수 있었던 사람은 누구인가요? (   )

① 백정   ② 노비
③ 농부의 딸   ④ 양반집 딸
⑤ 양반집 아들

논술 3. 다음은 이 그림을 보고 쓴 희곡의 일부분입니다. 빈칸에 알맞은 대사를 넣어 희곡을 완성해 보세요.

훈장님: (회초리로 개똥이의 종아리를 때리며 엄한 목소리로) 책에 낙서를 하다니, 어찌 그럴

      수 있느냐?

개똥이: (회초리를 맞을 때마다 팔짝팔짝 뛰며) 아이고, 잘못했습니다.

훈장님: (회초리를 내려놓고 누그러진 목소리로) ㉠ ....

....

....

....

개똥이: (쪼그리고 앉아 한 손으로 눈물을 훔치며) 흑흑!

서당 친구 1: (작은 목소리로) ㉡ ....

서당 친구 2: (손으로 입을 틀어막고 킥킥대며) ㉢ ....

....

성인으로, '산타클로스'의 유래가 된 인물임.

▲ 얀 스테인의 '성 니콜라스의 축일'

※ 성 니콜라스: 270년경 소아시아 지방에서 태어난 성인으로, '산타클로스'의 유래가 된 인물임.

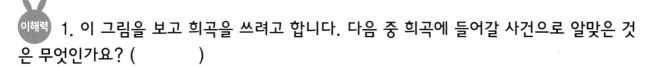

1. 이 그림을 보고 희곡을 쓰려고 합니다. 다음 중 희곡에 들어갈 사건으로 알맞은 것은 무엇인가요? (   )

① 성 니콜라스의 축일에 일어난 사건   ② 등장인물이 학교에서 혼나는 사건
③ 등장인물이 친구들과 다투는 사건   ④ 큰 폭풍우가 온 마을을 휩쓰는 사건
⑤ 등장인물이 부모님에게 야단을 맞은 사건

2. 희곡을 쓰기 전에 그림을 보고 나오는 사람의 행동이나 표정, 의상 등을 정리했습니다. 설명을 읽고 나오는 사람의 성격을 짐작하여 빈칸에 써 보세요.

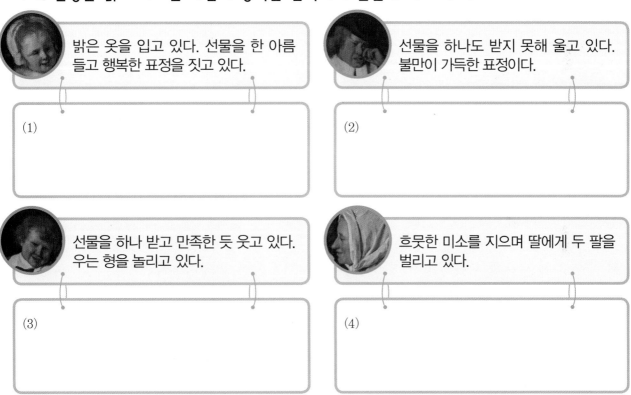

밝은 옷을 입고 있다. 선물을 한 아름 들고 행복한 표정을 짓고 있다.

(1)

선물을 하나도 받지 못해 울고 있다. 불만이 가득한 표정이다.

(2)

선물을 하나 받고 만족한 듯 웃고 있다. 우는 형을 놀리고 있다.

(3)

흐뭇한 미소를 지으며 딸에게 두 팔을 벌리고 있다.

(4)

3. 그림을 보고 빈칸에 알맞은 지문과 대사를 넣어 희곡을 완성해 보세요.

안나: (행복한 표정으로) 엄마, 산타클로스가 제게 선물을 한가득 주셨어요.

엄마: (흐뭇한 얼굴로) ㉠ _____

톰: (울음을 터뜨리며) 산타클로스 미워! 나한테는 회초리만 남겼어.

마크: ㉡(_____) 그건 형이 맨날 심술만 부려서야.

엄마: (톰을 달래며) ㉢ _____

4주 3일
학습 끝!

붙임 딱지 붙여요.

125

04 동시를 희곡으로 바꾸어 쓰기

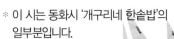

백석

개구리 덥적덥적 길을 가노라니
길가 *봇도랑에 우는 소리 들렸네.
개구리 닁큼 뛰어 도랑으로 가 보니
*소시랑게 한 마리 엉엉 우네.
소시랑게 우는 것이 가엾기도 가엾어
개구리는 뿌구국 물어보았네.
"소시랑게야, 너 왜 우니?"
소시랑게 울다 말고 대답하였네.
"발을 다쳐 아파서 운다."
개구리는 바쁜 길 잊어버리고
소시랑게 다친 발 고쳐 주었네.

(가)

※ 이 시는 동화시 '개구리네 한솥밥'의
일부분입니다.

※ **봇도랑**: 논에 물을 대기 위하여 둑을 쌓고, 물을 대거나 뺄 수 있게 만든 도랑.
※ **소시랑게**: 민물에 사는 게의 한 종류.

126

이해력 1. 이 동시에서 일어난 일을 순서대로 정리한 것은 무엇인가요? ( )

ⓐ

개구리가 봇도랑으로 가 보니 소시랑게가 발을 다쳐 울고 있었다.

ⓑ

개구리가 길을 가다가 울음소리를 들었다.

ⓒ

개구리가 소시랑게의 발을 고쳐 주었다.

① ⓐ-ⓑ-ⓒ   ② ⓑ-ⓒ-ⓐ   ③ ⓑ-ⓐ-ⓒ   ④ ⓒ-ⓐ-ⓑ   ⑤ ⓒ-ⓑ-ⓐ

분석력 2. 이 동시를 희곡으로 바꿀 때 해설에 들어갈 내용으로 알맞은 것 두 가지를 고르세요. ( )

① 곳: 바닷가   ② 곳: 길가 봇도랑
③ 때: 눈이 내리는 겨울   ④ 나오는 사람: 뻐꾹새, 개구리
⑤ 나오는 사람: 개구리, 소시랑게

논술 3. 이 시에서 (가) 부분을 다음과 같이 희곡으로 바꾸었습니다. 빈칸에 들어갈 알맞은 지문과 대사를 넣어 희곡을 완성해 보세요.

개구리: ㉠(_____) 소시랑게야, 왜 울고 있니?

소시랑게: ㉡(_____) 발을 다쳤는데 너무 아파.

개구리: (상냥한 목소리로) 어디, 내가 좀 봐 줄까? (소시랑게의 발을 살피더니 풀잎을 뽑아 감아 주며) 이제 좀 괜찮을 거야.

소시랑게: ㉢(_____)

㉣ _____

알암밤 형제

현동염

방그죽 입을 벌린 밤송이에서
[*]알암밤 형제가 내다봅니다.
다람쥐 있나 없나 내다봅니다.

다람쥐 볼까 볼까 망설이다가
떽떼굴 떨어진 알암밤 형제.
나뭇잎 이불 속에 얼른 숨어요.

※ **알암밤**: 아람. 밤이나 상수리가 충분히 익어 저절로
　　떨어질 정도가 된 상태, 또는 그런 열매.

분석력 1. 이 동시의 글감은 무엇인가요? (   )

① 입   ② 알암밤   ③ 도토리   ④ 솜이불   ⑤ 나뭇잎 배

이해력 2. 이 동시를 희곡으로 바꾸기 위해 내용을 정리하려고 합니다. 다음 빈칸에 들어갈 알맞은 말을 이 동시에서 찾아 써 보세요.

> 알암밤 형제가 ㉠ _____ 에서 ㉡ _____ 가 있나 없나 밖을 내다본다.
> → 다람쥐가 볼까 봐 망설이다가 밖으로 떨어진다.
> → 떨어진 알암밤 형제가 ㉢ _____ 속에 숨는다.

논술 3. 동시의 1연을 희곡으로 바꾸어 썼습니다. 빈칸을 채워 희곡을 완성해 보세요.

> 제목: ㉠ _____
> 때: ㉡ _____
> 곳: ㉢ _____
> 나오는 사람: 알암밤 형, ㉣ _____
>
> 가을 숲. 큰 밤나무 밑에 밤송이와 낙엽들이 떨어져 있다. 그중에서도 큼직한 밤송이 하나가 눈에 띄고, 그 안에 웅크리고 있는 알암밤 형제가 보인다.
>
> 알암밤 형: (밤송이를 살짝 벌리며) 우리도 이제 밤송이를 떠날 때가 됐어.
>
> 알암밤 동생: (당장이라도 튀어 나갈 듯 일어서며) 그래, 얼른 세상으로 나가자.
>
> 알암밤 형: ㉤(_____) 잠깐, 다람쥐가 있는지 살펴보고 나가야 해. 자칫하다가는 다람쥐 먹이가 되고 말 거야.
>
> 알암밤 동생: (다시 밤송이 속에 쪼그려 앉으며) ㉥ _____
>
> 알암밤 형과 알암밤 동생, 고개를 앞으로 쭉 빼고 좌우를 살핀다.

04 희곡 고쳐 쓰기

때: 먼 옛날

곳: 무대

나오는 사람: 신데렐라, 새어머니, 큰언니, 작은언니

　시작

　불이 켜지면 화려한 옷을 입은 신데렐라가 바닥에 쪼그려 앉아 걸레로 마루를 닦고 있다. 이때 새어머니와 못생긴 두 언니가 무대 한쪽에서 등장한다.

신데렐라: (벌떡 일어나며 상냥한 목소리로) 어머나, 일찍 오셨네요?

큰언니: (날카로운 목소리로) 우리가 나가기 전에 시킨 일은 다 했느냐고 묻는다.

신데렐라: (밝고 큰 목소리로) 죄송해요. 아직 일을 다 못 끝냈어요.

작은언니: (허리에 손을 올리며 다정한 목소리로) 뭐야? 일을 다 못 했다고? 신데렐라, 이 게 으름뱅이야! 혼이 나 봐야 정신을 차릴래?

새어머니: (신데렐라에게 눈을 흘기며 화난 목소리로) 신데렐라, 일을 다 못 마쳤으니 오늘 저녁은 굶도록 해라.

1. 이 글에 대한 설명으로 알맞지 <u>않은</u> 것은 무엇인가요? (   )

① '신데렐라'는 유명한 희곡 작품이다.

② 만화 아래에 있는 글은 봉구가 썼다.

③ 봉구는 원작을 살려서 희곡을 썼다고 했다.

④ 민아는 봉구가 원작을 잘 살리지 못했다고 했다.

⑤ 만화 아래에 있는 글은 신데렐라 이야기를 희곡으로 바꾼 것이다.

 2. 봉구가 쓴 희곡의 해설 부분에서 잘못된 부분을 찾아 바르게 고쳐 쓰세요.

잘못된 부분		알맞게 고친 내용
곳: 무대	→	곳: 신데렐라네 집 거실
(1)	→	
(2)	→	

 **3. 이 희곡에는 어색한 대사와 지문이 있습니다. 다음 밑줄 그은 부분을 보기 처럼 자연스럽게 고쳐 쓰세요.**

보기		
큰언니: (날카로운 목소리로) 우리가 나가기 전에 <u>시킨 일은 다 했느냐고 묻는다.</u>	→	우리가 시킨 일은 다 해 놓았어?
신데렐라: (<u>밝고 큰 목소리로</u>) 죄송해요. 아직 일을 다 못 끝냈어요.	→	(1)
작은언니: (허리에 손을 올리며 다정한 목소리로) 뭐야? 일을 다 못 했다고? 신데렐라, 이 게으름뱅이야! 혼이 나 봐야 정신을 차릴래?	→	(2)

4주 4일
학습 끝!

붙임 딱지 붙여요.

131

05 되돌아봐요

✏️ 다음은 '파랑새'라는 희곡의 일부분입니다. 각 물음에 대한 답을 써 보세요.

┃ 희곡의 구성 요소는 해설, 지문, 대사입니다. 빈칸에 들어갈 알맞은 말을 써 보세요.

때: 크리스마스이브
곳: 틸틸과 미틸의 방
나오는 사람: 틸틸, 미틸, 허리가 구부러진 할머니

제1장
  창문에서 빛이 들어오며 서서히 밝아진다. 창가에 두 아이가 나란히 서 있다. 오빠 틸틸은 발판 위에 올라서서 창밖을 내다보고, 여동생 미틸은 까치발을 들고 서 있다.

틸틸: 저기 좀 봐. 맞은편 부잣집에서 크리스마스 축제를 벌이고 있어.
미틸: 나는 아무것도 보이지 않는걸?
틸틸: (발판 한쪽으로 옮겨 서며) 자, 이쪽으로 올라와서 봐.
미틸: (발판 위에 올라서며) 이제 잘 보인다. (놀라는 목소리로) 와! 흰말이 끄는 마차가 왔어. (손짓을 하며) 우아! 저기 나뭇가지에 매달려 있는 게 반짝반짝 빛났어.
틸틸: 그건 장난감이야.
미틸: 저기, 예쁜 인형도 보여.
틸틸: 쳇, 인형이 뭐가 예뻐.
미틸: (입을 삐죽거리며) 난 인형이 가장 갖고 싶은걸. 저 집 아이들은 참 좋겠다.

(1) 희곡에서 시간과 장소, 나오는 사람, 무대의 모습을 설명한 것을 ＿＿＿＿ 이라고 합니다.

(2) 희곡에 등장하는 사람의 행동이나 표정, 말투 그리고 분위기와 장면 등을 지시해 놓은 글을 ＿＿＿＿ 이라고 합니다.

(3) 희곡에서 나오는 사람이 주고받는 말을 ＿＿＿＿ 라고 합니다.

2 이 글에 대한 설명으로 맞으면 ◯표를, 틀리면 ✕표를 하세요.

(1) 두 아이가 있는 곳은 길거리이다. (   )

(2) '(놀라는 목소리로)'는 지문에 해당한다. (   )

(3) '그건 장난감이야.'는 나오는 사람의 대사에 해당한다. (   )

3 나오는 사람의 말과 행동을 바탕으로 틸틸과 미틸의 성격은 어떠한지 써 보세요.

(1) 틸틸: (발판 한쪽으로 옮겨 서며) 자, 이쪽으로 올라와서 봐.

（   ）

(2) 미틸: (놀라는 목소리로) 와! 흰말이 끄는 마차가 왔어. (손짓을 하며) 우아! 저기 나뭇가지에 매달려 있는 게 반짝반짝 빛났어.

（   ）

4 이 글에 이어지는 다음 글을 희곡으로 바꾸어 써 보세요.

　그때 현관문에서 문 두드리는 소리가 들렸다. 틸틸이 현관문을 열자 허리가 구부러진 할머니 한 분이 지팡이를 짚고 서 있었다.

　"얘들아, 너희 집에 파랑새가 있니? 있다면 내게 파랑새를 빌려다오."

　"우리 집 파랑새를요? 안 돼요, 저 새는 내 새예요."

　틸틸이 깜짝 놀라서 손을 저으며 말했다.

　"흥, 저 새는 파랗지가 않아. 난 파랑새가 필요할 뿐이야!"

　할머니는 퉁명스럽게 말했다.

→

133

희곡은 어떻게 쓸까요?

희곡이란 공연을 목적으로 하는 연극의 대본을 말하며, '극본'이라고도 해요. 희곡을 바탕으로 배우들은 무대에서 관객에게 이야기를 전한답니다. 그럼 희곡이 어떻게 구성되고, 어떤 특성을 지니는지 좀 더 자세히 알아볼까요?

희곡은 어떻게 구성될까요?

① 희곡은 '해설, 대사, 지문'으로 이루어져 있어요.

• '해설'은 때, 곳, 나오는 사람을 설명한 것이에요.

• '대사'는 나오는 사람이 주고받는 말이에요. 대화, 독백, 방백이 있어요.

> ─대화: 두 사람 이상의 나오는 사람이 이야기를 나누는 대사
> ─독백: 나오는 사람이 상대역 없이 혼자서 말하는 대사
> ─방백: 나오는 사람이 말을 하지만 무대 위에 있는 다른 사람에게는 들리지 않고, 관객들에게만 들리는 것으로 약속되어 있는 대사

• '지문'은 나오는 사람의 행동, 표정, 몸짓, 마음을 표현하고 분위기, 장면 등을 지시하는 부분이에요.

② 희곡의 내용은 '인물, 사건, 배경'의 3요소로 구성되어요.

• 인물: 어떤 일을 벌이거나 겪는 사람

• 사건: 벌어지는 일

• 배경: 일이 벌어지는 시간과 장소

③ 희곡의 짜임은 '발단-상승(전개)-절정-하강-대단원'으로 이루어져 있어요.

• 발단: 나오는 사람과 배경이 소개되고, 앞으로 일어날 사건이 조금씩 드러나요.

• 상승(전개): 발단에서 시작된 사건이 보다 더 복잡해지고 나오는 사람 사이에 갈등이 생기기 시작해요.

• 절정: 나오는 사람 사이의 갈등이 아주 심각해져요.

• 하강: 갈등이 해소될 실마리가 제시되고 사건의 극적 반전이 이루어져요.

• 대단원: 나오는 사람의 갈등이 해소되고 긴장감과 흥미가 끝장에 이르면서 사건이 마무리되어요.

④ 희곡은 '막'과 '장'으로 나누어져 있어요.

- 막: 무대에서 막이 올라갔다 내려가는 동안을 1막이라고 해요.
- 장: 무대에서 불이 켜졌다 꺼지는 동안을 1장이라고 해요. 장소가 바뀔 때 불이 꺼졌다 켜져요. 몇 개의 장이 모여 1막을 구성해요.

희곡의 종류에는 어떤 것이 있나요?

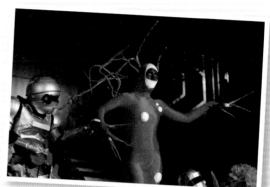

① 내용에 따라

- 비극: 주인공이 타고난 운명이나 성격, 어쩔 수 없는 상황 때문에 어려움을 겪다가 비극적인 결말로 끝나는 내용이에요.
- 희극: 웃음을 주며 결말이 행복하게 끝나는 내용이에요.
- 희비극: 희극과 비극이 섞여 있어요. 비극적인 상황을 경험하지만 행복하게 끝나요.

② 장과 막에 따라

- 단막극: 하나의 막으로 이루어진 작품으로, 보통 길이가 짧은 편이에요.
- 장막극: 둘 이상의 막으로 이루어진 작품으로, 단막극에 비해 비교적 길이가 길어요.

희곡을 쓸 때 주의할 점은 무엇인가요?

① 희곡은 공연을 목적으로 하는 글이라는 것을 생각하며 써야 해요.

② 나오는 사람의 대사와 행동을 통해 이야기를 펼쳐야 해요.

③ 모든 이야기를 현재 시제로 보여 주어야 해요.

④ 해설에서 극의 분위기를 적절하게 표현해야 해요.

⑤ 대사를 쓸 때에는 실제로 소리 내어 읽으며 인물의 성격이 잘 드러나도록 써야 해요.

⑥ 지문을 쓸 때에는 상황에 알맞은 표정과 행동을 떠올리며 써야 해요.

⑦ 장소나 시간이 바뀔 때는 막과 장으로 나누어 써야 해요.

 내용에 따른 희곡의 종류를 써 보세요.

내가 할래요

동시를 희곡으로 직접 바꾸어 써 볼까요?

여러분의 생각과 하고 싶은 이야기는 그림, 동시, 희곡 등 다양한 형태로 표현할 수 있습니다. 그림을 동시로, 동시를 희곡으로 표현할 수도 있습니다. 희곡의 구성 요소를 생각하며 다음 동시를 희곡으로 꾸며 보세요.

빗자루

윤동주

요오리조리 베면 저고리 되고
이이렇게 베면 큰 총 되지
누나하고 나하고
가위로 종이 쏠았더니
어머니가 빗자루 들고
누나 하나 나 하나
엉덩이를 때렸소
방바닥이 어지럽다고—

※ 이 동시는 '빗자루' 중 1연입니다.

1 희곡의 제목을 써 보세요.

_____

2 희곡의 주제를 써 보세요.

_____

3 나오는 사람을 써 보세요.

_____

4 뒤에 나올 사건을 상상해 보고 희곡의 짜임을 완성해 보세요.

글의 짜임	주요 내용
발단	가위로 종이를 오려 방을 어지럽힘.
상승(전개)	엄마에게 빗자루로 엉덩이를 맞음.
절정	(1)
하강	(2)
대단원	(3)

4주
학습 끝!

확인할 내용	잘함	보통임	부족함
1. 이번 주 학습을 5일(월요일~금요일) 안에 끝마쳤나요?			
2. 희곡의 특징을 잘 이해하였나요?			
3. 희곡의 구성 요소가 무엇인지 잘 말할 수 있나요?			
4. 희곡 쓰기를 잘할 수 있나요?			

5 앞에서 정리한 짜임을 바탕으로 2장으로 이루어진 희곡을 써 보세요.

전하는 말

1주 우주를 여행하는 과학자 스티븐 호킹

1주 11쪽 생각 톡톡

우주

1주 13쪽

1 ⑤ 2 ② 3 예 나의 머릿속은 멋진 축구 선수가 되고 싶다는 생각으로 가득 차 있다. 나는 매일 축구 연습을 하며 한국을 대표하는 축구 선수가 되기를 꿈꾼다.

2 별은 노란색, 파란색 등으로 색깔이 여러 가지입니다.

3 머릿속이 생각으로 가득하다는 것은 어떤 일에 대해 많이 생각한다는 뜻입니다. 여러분이 관심이 있거나 하고 싶은 일에 대해서 구체적으로 써 봅니다.

1주 15쪽

1 ② 2 ① 3 예 편견을 가지고 있으면 그 사람을 제대로 보지 못하게 된다. 상대방이 무슨 말을 하든, 어떤 행동을 하든 상관없이 이미 머릿속에 있는 자신만의 기준으로 판단을 하기 때문이다.

1 '괴발개발'은 '고양이의 발과 개의 발'이라는 뜻으로, 글씨를 아무렇게나 마구 써 놓은 모양을 이르는 말입니다.

2 열의 이동은 액체뿐만 아니라 기체와 고체에서도 일어납니다.

3 사람의 겉모습이나 보이는 행동만으로 전부가 그렇다고 생각하는 마음을 편견이라고 합니다. 다른 사람에 대해 편견을 가졌을 때 좋지 않은 점을 써 봅니다.

1주 17쪽

1 ② 2 ④ 3 예 다른 사람과 협력을 하면 혼자서 하기 힘든 일을 쉽게 해내거나, 더 나은 해결 방법을 찾을 수 있어 좋다. 예를 들면 무거운 물건을 여러 명이 함께 나누어 들면 훨씬 쉽게 들 수 있다. 그리고 이 과정에서 협동심과 단결력도 기를 수 있다.

2 ①의 '풀다'는 '콧물을 밖으로 나오게 하다', ②와 ⑤는 '액체나 가루를 다른 물질에 섞다', ③은 '묶거나 싼 것을 끄르다', 보기 와 ④는 '모르는 것을 알아맞히다'라는 뜻으로 쓰였습니다.

3 '협력'이란 '서로 힘을 합쳐 돕는다'는 뜻입니다. 우리 주변에서 협력을 해야 하는 경우를 생각해 보고, 협력을 하면 어떤 점이 좋은지 생각해 봅니다.

1주 19쪽

1 (1) 조정 (2) 키잡이 (3) 명석한 두뇌와 가벼운 몸집을 가졌기 때문에 2 ④ 3 예 내가 즐겨 하는 스포츠는 자전거 타기이다. 자전거를 타면 기분이 상쾌해져서 스트레스를 푸는 데 좋다. 또 자전거를 타면 다리 운동을 많이 할 수 있고, 에너지를 소비한 만큼 식욕도 왕성해져 건강에 좋다.

2 펜싱은 물에서 하는 스포츠가 아닙니다.

3 스포츠는 체력을 기르거나 일상생활에서 쌓인 스트레스를 푸는 데 도움이 됩니다. 또 단체 스포츠를 통해서 협동심을 기를 수 있습니다.

2 이탈리아 사람으로, 지동설을 주장하여 종교 재판을 받은 갈릴레이는 '그래도 지구는 돈다.'라는 아주 유명한 말을 남겼습니다.

3 신체 장애를 극복한 위인들을 떠올려 보고 어떤 훌륭한 업적을 남겼는지도 생각하여 써 봅니다.

---

1 ② **2** ③ **3 예** 스티븐, 기운 내세요! 근육이 마비되더라도 희망을 잃지 않으면 꼭 좋은 날이 올 거예요. 저는 당신이 병을 이겨 낼 수 있을 뿐만 아니라 더 많은 일을 해낼 수 있을 것이라 믿어요.

2 ①은 백혈구, ②는 콩팥, ④는 뇌, ⑤는 귀의 역할입니다.

3 위로하는 말은 상대방의 마음을 배려하고 진심을 담아서 써야 합니다. 병에 걸린 사람의 심정을 헤아려서 용기와 희망을 줄 수 있는 말을 써 봅니다.

1주 25쪽

1 ② **2** ③ **3 예** 지하철이나 버스에서 몸이 불편한 장애인에게 자리를 양보한다. 그리고 시각 장애인 앞에 위험한 물건이나 장애물이 있으면 직접 치우거나 그 사실을 알려 준다. 또 장애인이 엘리베이터에 안전하게 탈 때까지 버튼을 눌러 문을 잡아 준다.

3 장애인이 일상생활을 하면서 불편함을 느끼는 일에는 어떤 것이 있을지 생각해 보고 여러분이 도울 수 있는 방법을 써 봅니다.

1주 27쪽

1 ③, ⑤ **2** ④ **3 예** 연구 결과가 낯설다고 해서 틀렸다고 할 수는 없다. 오히려 새로운 연구 결과일수록 그것이 맞는지 관심을 가지고 확인해 볼 필요가 있다. 낯설다는 까닭으로 무시하고, 비판 없이 예전의 것만 받아들이게 되면 과학은 발전할 수 없다.

3 과학을 비롯한 학문, 정치, 경제, 사회의 발전을 위해서는 기존의 문제점이나 부족한 점을 분석하는 한편, 새로운 연구 결과에도 귀 기울여야 합니다.

1주 23쪽

1 ②, ⑤ **2** ④ **3 예** 음악가 베토벤은 스물여섯 살에 병을 앓은 뒤, 귀가 들리지 않게 되었지만 아름다운 교향곡 '운명'을 작곡했다. 화가 모네는 나이가 든 뒤에 눈이 거의 보이지 않게 되었지만 '수련'이라는 멋진 작품을 남겼다. 또 헬렌 켈러는 눈이 보이지 않고 귀도 들리지 않았지만 열심히 공부해 여러 사람에게 희망을 주는 작가이자 사회사업가가 되었다.

1 ③ 2 ⑤ 3 예 (1) 끈기왕 (2) 스티븐 호킹은 과학 잡지에서 논문을 실어 주지 않았는데도 포기하지 않고 다시 심사를 요청했기 때문이다. 그리고 이런 끈기 덕분에 마침내 영국 왕립학회 회원으로 임명되는 등 뛰어난 과학자로 인정받았다.

2 '시민들이 스스로 만든 집단', '정부와 관련 없는 기구'를 시민 단체라고 합니다. 정당은 정치적 의견이나 생각을 같이하는 사람들이 모여 만든 단체입니다.

3 스티븐 호킹의 성격과 행동, 업적 등을 생각해 보고 그에 알맞은 별명을 붙여 봅니다.

1 ④ 2 ① 3 예 자신의 연구 결과를 발표하거나 다른 사람들과 의사소통을 할 수 없는 만큼 스티븐이 더 이상 우주에 관한 연구를 계속하기 어렵다고 생각한다. / 비록 말은 할 수 없지만 책을 보거나 머릿속으로 생각을 하는 데에는 아무런 지장이 없다. 그러므로 나는 스티븐이 절망을 이겨 내고 앞으로도 계속 연구를 할 수 있다고 생각한다.

2 폐와 기관지는 호흡 기관입니다.

3 몸이 불편한 스티븐 호킹이 목소리까지 잃었을 때 어떤 어려움이 있을지 생각해 봅니다. 그리고 그 어려움이 우주에 관한 연구를 하는 데 어떤 영향을 미칠지 생각해 봅니다.

1 ③ 2 ③ 3 예 비 오는 날에 우산을 오랫동안 들고 있으면 팔이 아프다. 그래서 나는 '공중 부양 우산'을 만들고 싶다. 공중 부양 우산은 사람이 손잡이를 잡지 않아도 공중에 둥둥 떠서 비를 막아 주는 우산이다. 우산에 바람의 방향과 사람의 움직임에 따라 방향이 자동으로 조절되는 기능도 넣고 싶다.

2 ㉠은 자막 방송, ㉡은 음성 인식기, ㉢은 전동 휠체어에 대한 설명입니다.

3 과학 기술의 발전은 생활에 많은 변화를 가져다줍니다. 평소 불편을 느꼈던 것은 무엇인지, 그것을 어떻게 해결할 수 있을지 자유롭게 써 봅니다.

1 ④ 2 ⑤ 3 예 루게릭병으로 몸을 움직일 수 없게 되었지만 좌절하지 않고 연구를 계속하는 점을 배우고 싶다. 사람들에게 잘 알려지지 않았던 우주에 대해서 끊임없이 연구하는 도전 정신도 배우고 싶다.

2 힘들고 어려운 상황에서도 꿋꿋이 장애를 이겨 내고 우주 연구에 몰두한 스티븐 호킹의 삶을 생각해 봅니다.

3 스티븐 호킹은 장애를 극복한 과학자로도 유명하지만, 우주의 역사를 새로 쓴 사람이기 때문에 더 훌륭한 것입니다.

1 ② **2** (1) 루게릭병에 걸렸다는 이야기를 들었다. (2) 1974년 옥스퍼드의 학술회의에서 블랙홀에 관한 연구 결과를 발표했다. (3) 음성 합성기의 도움으로 어려움을 극복했다. **3** (1) ○ (2) ✕ (3) ○ (4) ○ (5) ✕ (6) ○ (7) ✕ (8) ○ **4** ② **5 예** 스티븐 호킹 아저씨께. 몸을 점점 움직일 수 없게 되는 루게릭병에 걸렸지만 아저씨는 절망을 극복하고 우주에 관한 연구를 계속했다고 들었어요. 게다가 책을 쓰고 강연도 다니시고 말이에요. 그런 아저씨를 보니 건강한 몸을 갖고도 게으르게 사는 제가 부끄러워요. 아저씨가 쓴 "시간의 역사"라는 책을 꼭 읽어 볼게요. 생의 마지막까지 도전을 멈추지 않고 인류의 미래를 고민하고 연구한 아저씨를 영원히 잊지 않을게요. 아저씨를 존경하는 보람이.

1 '활약하다', '젓다', '타다', '가르다'는 움직임을 나타내는 말인 동사이고, '우수하다'는 사물의 상태나 성질이 어떠한지 설명하는 말인 형용사입니다.

3 스티븐 호킹은 대학 때 조정 선수로 활약했습니다. 또한 블랙홀에 관한 논문이 "네이처"에 실릴 만큼 뛰어난 과학자였습니다. 하지만 음성 합성기를 개발한 사람은 아닙니다.

5 스티븐 호킹을 응원하면서 여러분도 다짐하는 내용으로 편지글을 써 봅니다.

예 빛을 가지고 있기 때문에

● 스티븐 호킹은 블랙홀이 빛을 빨아들일 뿐만 아니라 내뿜기도 한다는 사실을 알아냈습니다. 또한 빛을 가지고 있기 때문에 검지 않다고 하였습니다.

예

우주에 대한 연구를 오래오래 하고 싶어요.

블랙홀에 직접 들어가 보고 싶어요.

우주 밖에 무엇이 있는지 알고 싶어요.

우주의 끝까지 가고 싶어요.

외계인을 만나고 싶어요.

많은 사람에게 우주에 대해 알려 주고 싶어요.

우주의 모든 별을 여행하고 싶어요.

별이 탄생하는 순간을 지켜보고 싶어요.

● 스티븐 호킹의 입장이 되어 우주에 대해 알고 싶은 것과 우주를 연구하는 과학자로서 바라는 것은 무엇인지 생각하여 써 봅니다.

2주 80일간의 세계 일주

말, 배, 기차

1 ④ **2** ② **3 예** 당시 세계 일주를 80일 만에 해낸다는 것은 누가 보아도 어려운 일이었다. 그래서 직접 세계 일주를 해 보이겠다고 한 포그는 모험심이 강하고 용기 있는 사람이라고 생각한다. 하지만 옥신각신하던 자리에서 바로 결정을 내린 것은 즉흥적이고 성급한 행동이라는 생각도 든다.

2 세계는 교통과 통신의 발달, 무역의 확대, 문화 교류 등으로 인해 나라 간의 거리가 가까워지게 되었습니다.

3 포그가 살던 시대에 80일 만에 세계 일주를 하는 것이 과연 쉬운 일이었을지 생각해 봅니다.

2주 47쪽

1 ⑤ **2** ③ **3** 예 (1) 엄마 (2) 비상약—오랜 기간 여행을 다니다 보면 다치거나 아플 수 있기 때문에 / 사진기—나중에 친구들한테 세계 곳곳의 모습을 보여 주려고 / 지도—모르는 곳을 다닐 때 지도를 보면 쉽게 찾을 수 있기 때문에

2 오늘날에도 물 부족 문제로 고통을 겪는 나라들이 있습니다.

3 세계 일주를 할 때 어떤 물건을 가져가면 도움이 될지 생각해 봅니다. 또 80일이라는 긴 기간 동안 여행한다는 사실도 생각합니다.

2주 49쪽

1 ④ **2** ④, ⑤ **3** 예 나는 사과 축제를 열고 싶다. 사과는 내가 가장 좋아하는 과일이고, 우리 고장의 특산품이기 때문이다. 축제를 열면 사과를 팔아 돈도 벌 수 있고, 맛있는 사과가 많이 나는 우리 고장을 널리 알릴 수도 있을 것 같다.

2 ① 세계에서 가장 작은 나라는 '바티칸'입니다. ② 세계에서 인구가 가장 많은 나라는 '중국'입니다. ③ 베르사유 궁전과 에펠 탑은 프랑스에 있습니다.

3 여러분이 해 보고 싶거나, 많은 사람들이 좋아할 만한 축제에는 어떤 것이 있는지 생각해 봅니다.

2주 51쪽

1 ④ **2** ④ **3** 예 내가 믿지 않는 종교라고 해도 종교 의식이 행해지는 곳에 갔을 때에는 그 종교의 규율을 지켜야 한다고 생각한다. 내가 그 종교를 믿지 않는다고 해서 마음대로 행동하는 것은 예의에 어긋나기 때문이다. / 나는 그 종교의 규율을 지키지 않아도 된다고 생각한다. 종교 규율은 그 종교를 믿는 사람이 지켜야 하는 것이지, 믿지 않는 사람까지 지켜야 할 도리는 아니기 때문이다. 또 종교마다 규율은 제각각 다르다. 따라서 다른 종교의 규율에 따르다 오히려 내가 믿는 종교의 규율을 어기게 될 수도 있다.

2 불교에서는 자비를 베풀고 생명을 소중하게 여길 것을 강조합니다.

3 다른 종교의 규율을 지키거나 또는 지키지 않았을 때 어떤 문제점이 생길 수 있을지 생각해 봅니다. 여러분의 의견과 주장을 뒷받침할 수 있는 타당한 근거도 같이 써 봅니다.

2주 53쪽

1 ① **2** (1) ○ (2) X (3) X (4) ○ **3** 예 자동차에서 나오는 배기가스로 인해 대기 오염이 심각하다. 그리고 걸어갈 정도의 거리도 차를 타고 다니므로 운동 부족으로 인해 사람들의 건강 상태가 나빠질 수 있다. 또 자동차나 비행기, 선박 같은 많은 교통수단이 석유를 연료로 사용하기 때문에 자원 고갈의 문제가 염려된다.

3 교통수단의 발달이 인간과 환경에 어떤 좋지 않은 영향을 줄 수 있는지 다양한 관점에서 생각해 봅니다.

2 ①은 피고, ②는 원고, ④는 대통령, ⑤는 변호사와 관련된 내용입니다.

3 생각지도 못한 당황스러운 일을 겪은 포그 일행에게 해 주고 싶은 말을 생각하여 써 봅니다.

2주 55쪽

1 수티 **2** ③ **3** 예 '나쁜 관습 따르지 않기 운동'을 벌이겠다. 처음에는 가족과 친척, 친구들을 대상으로 운동을 펼치고, 점차 더 많은 사람에게 알려 나쁜 관습이 자연스럽게 사라지게 할 것이다. / 나는 사람들 스스로 그 관습이 왜 나쁜지를 깨닫게 하겠다. 예를 들어 인터넷이나 신문 등에 나쁜 관습으로 인해 피해를 본 사람들에 대한 이야기를 올리겠다. 그러면 사람들이 나쁜 관습에 대해 깊이 생각하게 될 것이고, 더 나아가 따르지 않게 될 것이다.

2 모든 관습이 나쁜 것만은 아닙니다. 관습 중에는 우리가 지켜야 하는 좋은 관습도 있습니다.

3 나쁜 관습을 없애기 위해서는 어떤 방법을 써야 효과적일지 생각해 써 봅니다.

2주 59쪽

1 ⑤ **2** ②, ⑤ **3** 예 다른 사람들에게 거짓말을 하지 말아야 한다. 그리고 자신의 말과 행동에 대해서 책임을 져야 한다. 또한 다른 사람을 진심으로 대하고, 먼저 신뢰해야 다른 사람들도 나를 신뢰하게 된다고 생각한다.

2 화폐의 기능에는 '교환의 기능, 가치 척도의 기능, 저장의 기능, 증식 기능, 지불 수단의 기능' 등이 있습니다. 이 중에서 엄마가 말한 화폐의 두 가지 기능을 생각해 봅니다.

3 여러분은 평소에 어떻게 행동하는 사람을 신뢰하고 있는지 생각해 봅니다.

2주 57쪽

1 ② **2** ③ **3** 예 갑자기 경찰이 나타나 깜짝 놀랐지요? 그래도 아우다를 데려온 것 때문에 체포된 것이 아니라서 천만다행이에요. 만약 아우다 때문에 경찰이 들이닥쳤다면 갈 곳 없는 아우다가 또다시 곤란해졌을 수도 있으니까요. 또 보석금을 내기는 했지만 파스파르투가 감옥에 갇히지 않은 것도 다행이에요. 아무튼 이제 홍콩행 배도 탔으니 어서 다음 목적지에 무사히 도착하기를 바랍니다.

2주 61쪽

1 ⑤ **2** ②, ④ **3** 예 우선 그곳에서 말이 통하는 사람을 찾겠다. 그리고 곤란한 상황에 빠졌다는 것을 알린 뒤, 도움을 요청하겠다. 또는 경찰서를 찾아가거나 대사관에 가서 도와 달라고 하겠다.

3 말도 통하지 않는 낯선 곳에서 돈까지 없으면 매우 곤란한 일이 생길 수 있을 것입니다. 여러분을 지킬 수 있는 여러 가지 방법을 생각해 써 봅니다.

정답및해설

2주 63쪽

1 (1) ㉡ (2) ㉢ (3) ㉠   2 ①   3 예 어제 친구와 함께 놀이공원으로 향했다. 그런데 버스를 잘못 타는 바람에 엉뚱한 곳에서 한참 헤맸다. 우리는 우여곡절 끝에 놀이공원에 도착했고, 그곳에서는 아주 즐거운 시간을 보냈다.

2 최근 지구의 평균 기온이 올라가는 지구 온난화로 인해 폭우, 폭설과 같은 자연재해가 늘고 있습니다.

3 '우여곡절'이란 '여러 가지 일이 뒤얽혀 사정이 복잡해진 것'을 뜻하는 말입니다.

2주 65쪽

1 ④   2 ②   3 예 80일간의 세계 일주에 실패했으니 속은 많이 상하겠지만 이미 되돌릴 수는 없는 상황이다. 따라서 슬퍼하거나 좌절에 빠져 있기보다는 앞으로 어떻게 지낼지 계획을 세우겠다. 현재의 상황을 받아들이고 미래의 계획을 세우는 것이 더 현명하기 때문이다.

2 '지구촌'에서 '촌(村)'은 '마을'을 뜻합니다. 오늘날에는 교통수단과 통신 수단의 발달로 인해서 지구가 한마을처럼 가까워지게 되었습니다.

3 포그가 처한 상황이라면 과연 어떻게 행동하는 것이 현명할지를 생각해 써 봅니다.

2주 67쪽

1 ①   2 ②, ④, ⑤   3 예 여행을 하면서 몸과 마음의 건강을 얻을 수 있다. 항상 똑같은 생활에서 벗어나 이곳저곳을 자유롭게 다니며 스트레스도 풀 수 있기 때문이다. 또 새로운 것들을 보고 들으면서 다양한 지식도 얻을 수 있다.

1 지구 위의 위치를 나타내는 좌표축 중 세로선을 경도, 가로선을 위도라고 합니다.

2 동쪽으로 경도 15도씩 갈수록 시간은 한 시간씩 빨라집니다.

3 여행을 하면서 얻을 수 있는 좋은 점을 생각해 봅니다. 가족들과 함께 여행을 간 경험을 토대로 생각해 보아도 좋습니다.

2주 68~69쪽   되돌아봐요

1 (1) ㉢ (2) ㉠ (3) ㉣ (4) ㉡   2 (1) 포그 (2) 아우다 (3) 픽스 (4) 파스파르투   3 예 안녕하세요? 저는 한국에 사는 이가을이라고 해요. 저는 포그 씨가 처음에 80일 만에 세계 일주를 한다고 했을 때 참 무모하다고 생각했어요. 지금처럼 탈것도 발달하지 않았던 시대라서 더 불가능하다고 생각했고요. 그런데 포그 씨가 각 나라를 여행하며 보여 준 용기를 보고 거뜬히 해낼 수 있을 것이라 생각했어요. 참, 아우다와 결혼한 것 축하해요. 아우다와 행복하게 사세요. 그럼 안녕히 계세요.

2 직업과 성별, 성격 등을 읽어 보고 누구에 대한 소개인지 생각해 봅니다.

3 포그 일행이 80일간 세계 일주를 하며 여러 가지 어려움을 겪었다는 것을 떠올려 봅니다. 그 어려움을 이겨 내고 세계 일주에 성공한 것을 어떻게 생각하는지 써 봅니다.

144

일본

● 일본은 자동차와 전자 등의 산업이 발달하였고, 지진이 자주 일어나는 나라입니다. 우리나라의 이웃 나라이기도 합니다.

1 예

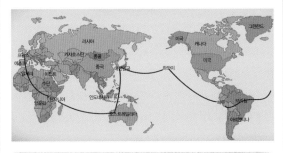

대한민국 출발	→ 비행기	하와이	→ 비행기	페루	→ 기차	브라질	→ 비행기	프랑스
→ 기차	에스파냐	→ 비행기	탄자니아	→ 비행기	오스트레일리아	→ 비행기	대한민국 도착	

2 예 (1) 브라질—열정의 나라 브라질에서는 1년에 한 번씩 온 나라 사람들이 참가하는 삼바 축제가 열린다. 나도 삼바 축제에 참가해 신나게 춤을 춰 보고 싶다. (2) 탄자니아—세렝게티 국립 공원은 동물의 왕국이다. 서울의 24배나 되는 초원에 300만 마리가 넘는 동물들이 산다고 한다. 자유롭게 뛰노는 동물들을 볼 수 있다니 얼마나 멋질까? (3) 페루—잉카 문명의 고대 도시였던 마추픽추에 가 보고 싶다. 마추픽추는 안데스산맥 깊숙한 곳에 있다가 100여 년 전에야 발견되었다. 뛰어난 문명을 자랑했던 잉카 사람들이 만든 도시를 꼭 보고 싶다.

● 세계 지도에서 가고 싶은 나라를 표시하고, 그 나라에 대해 조사해 봅니다.

별, 달

1 (1) ㉡ (2) ㉠ (3) ㉢　2 ⑤　3 예 사람들이 우주에 대해 알고 싶어 하는 까닭은 사람이 우주의 일부이기 때문이다. 우주에 대해 알게 되면 지구가 어떻게 생겨났고, 앞으로 어떻게 될지도 알 수 있을 것이다. 또한 지구의 자원은 한정되어 있고, 빠르게 고갈되어 가고 있다. 만약 우주에 대해 알게 되고 우주 개발에 성공한다면, 무한한 우주 자원을 이용할 수 있을 것이다.

3 여러분이 우주에 대해 알고 싶어 하는 까닭을 생각해 봅니다. 또 우주에 무엇이 있을지 떠올려 보고 그것이 우리에게 어떤 도움을 줄 수 있을지도 생각해 봅니다.

1 ⑤　2 ⑤　3 예 우리 가족의 하루를 영상으로 찍어서 디스크에 담고 싶다. 지구에 사는 '인간'이라는 생명체가 어떻게 생겼는지 보여 주고, 어떻게 생활하는지도 알려 주고 싶기 때문이다. 또 우리 집 주소를 알려 주어 꼭 놀러 오라고 하겠다.

3 여러분이라면 지구를 소개하기 위해 디스크에 어떤 것을 담을지 생각해 봅니다.

1 ③   2 자전   3 예 태양은 빛과 열을 내뿜는다. 그 덕분에 지구상의 생명체는 양분을 만들거나 에너지를 얻을 수 있다. 또 태양 빛은 물체를 볼 수 있게 도와주고, 태양열은 지구의 생명체가 살아가기에 적당한 온도를 제공해 준다. 이 외에 태양열을 이용해 전기를 만들 수도 있다.

2 지구가 하루에 한 바퀴씩 서쪽에서 동쪽으로 자전하기 때문에 태양은 동쪽에서 떠서 서쪽으로 지는 것처럼 보입니다.

3 지구의 많은 생물들이 태양의 빛과 열을 이용하여 양분을 만들거나 에너지를 얻습니다. 따라서 태양이 없다면 지구의 많은 생물들이 살아갈 수 없을 것입니다.

1 수성, 금성, 화성, 목성, 토성, 천왕성, 해왕성
2 ②   3 예 나는 화성에 생명체가 살았을 것이라고 생각한다. 생명체가 살아가기 위한 조건은 물, 햇빛, 공기이다. 그런데 화성에 물이 있었고 화성이 태양계에 속해 있으므로 햇빛도 있다. 물과 햇빛이 있다면 식물들이 살 수 있어서 산소와 같은 공기도 있었을 것이다. 따라서 화성에 생명체가 살았을 것이라고 짐작해 볼 수 있다.

3 화성에는 계곡과 화산이 많아서 생명체가 살기에 좋은 조건입니다. 그리고 물이 흐른 흔적이 있는 것으로 보아 생명체가 살았다는 것을 짐작해 볼 수 있습니다.

1 (1) ㉢ (2) ㉠ (3) ㉡   2 ④   3 예 토성에 '풍선 별'이라는 별명을 붙이겠다. 풍선처럼 기체로 이루어져 있고, 가볍기 때문이다.

2 목성형 행성을 대표하는 목성의 특징을 살펴봅니다.

3 각 행성의 모양, 크기, 특성을 잘 살펴본 후 어떤 것에 빗대어 표현할 수 있는지 생각하여 써 봅니다.

1 ④   2 ㉠ 북극 ㉡ 23.5도   3 예 환경 오염을 막아야 한다. 우리가 버리는 쓰레기와 생활 하수, 공장 매연은 환경을 오염시켜 지구에 사는 모든 동식물에게 해를 끼치기 때문이다. 또한 무분별한 개발로 인해 동식물의 서식지를 파괴하는 것도 막아야 한다. 서식지가 파괴되어 동물이나 식물의 일부가 사라지면, 그것을 먹이로 삼는 동물들도 피해를 입게 된다. 생태계가 파괴되면 인간도 살 수 없다는 것을 명심하고 힘을 합쳐 환경을 지켜야 한다.

2 자전축은 지구의 양극을 눈에 보이지 않는 막대기로 꿰뚫은 모양으로, 수직에서 약 23.5도 기울어져 있습니다.

3 인간의 삶이 환경과 얼마나 깊게 연관되어 있는지 생각하고, 인간뿐만 아니라 지구상의 모든 생명체가 더불어 살아가기 위해 어떤 노력을 해야 하는지 생각하여 써 봅니다.

1 ④　**2** (1) ○ (2) X (3) ○ (4) ○ (5) X　**3** 예 우리 반에 착하고 예쁜 아영이라는 친구가 있는데, 아영이는 내가 자기를 좋아하는지 잘 모른다. 그래서 달님에게 아영이가 내 마음을 알아주고, 우리가 단짝 친구가 되게 해 달라고 빌고 싶다.

2 달은 물체를 잡아당기는 힘인 중력이 지구의 약 6분의 1이라서 달에 가면 몸무게가 지구의 6분의 1 정도밖에 되지 않습니다. 또 달에서 높이 뛰기를 하면 지구에서 뛸 때보다 약 6배나 높이 뛸 수 있습니다.

3 옛사람들은 어둠을 밝히는 달에 신비로운 힘이 있다고 생각하였습니다. 그래서 밝고 둥근 달이 뜰 때 소원을 빌면 이루어진다고 믿었습니다.

1 ②　**2** 핼리 혜성　**3** 예 옛사람들은 태양이 달에 가려서 생기는 현상인 일식이 일어나면 나라에 불길한 일이 생길 징조라며 두려워했다. 또 천둥과 번개도 하늘이 노해서 일어나는 일이라고 생각하며 두려운 대상으로 여기었다.

2 핼리 혜성은 약 76년마다 지구의 하늘을 지나가는 혜성입니다.

3 과학이 발달하지 않았던 예전에는 알 수 없는 자연 현상을 두려워하기도 했습니다.

1 (1) X (2) ○ (3) ○ (4) ○　**2** (1) 산개 성단 (2) 구상 성단　**3** 예 가장 먼저 지구의 위성인 달에 가 보고 싶다. 밤하늘에서 보는 달과 실제로 보는 달의 모양이 어떻게 다른지 궁금하기 때문이다. 특히 지구에서는 달의 앞면밖에 볼 수 없기 때문에 달의 뒷면을 꼭 보고 싶다.

3 여러분의 상상력과 과학 상식을 동원해서 우리 은하에서 꼭 가 보고 싶은 곳을 생각해 봅니다. 우리 은하에는 태양계도 속해 있습니다.

1 ④　**2** ④　**3** 예 흔히 외계인이라고 말하는 지능을 가진 생명체 외에도 다른 생명체들이 우주에 존재하는지 궁금하다. 또 지구에 소행성이 충돌할 가능성은 얼마나 되는지도 궁금하다.

2 1990년 4월 우주 왕복선 디스커버리호가 허블 우주 망원경을 싣고 가서 우주 공간에 띄웠습니다. 허블 우주 망원경 덕분에 사람들은 우주를 더욱 선명하게 관찰할 수 있게 되었습니다.

3 우주에는 인류가 아직 발견하지도 못한 별들이 많은 만큼 신비스럽고 상상조차 못 할 일들이 많이 벌어지고 있을 것입니다. 자유롭게 상상해서 써 봅니다.

3주 97쪽

1 (1) 겨울 (2) 봄 (3) 가을 (4) 여름 **2** 큰곰자리
3 예 옛날 고대 그리스에 사람들을 괴롭히는 무서운 괴물 사자가 있었다. 어느 날 영웅 헤라클레스가 괴물 사자를 물리쳤다. 그 뒤, 괴물 사자는 밤하늘로 올라가 사자자리가 되었다.

2 북쪽 하늘을 대표하는 별자리는 큰곰자리입니다.

3 인터넷이나 백과사전을 이용하여 별자리에 대한 정보를 찾아보고 정리해서 써 봅니다.

3주 99쪽

1 ⑤ **2** ⑤ **3** 예 (1) 사랑자리 (2) 두 사람이 손을 잡은 모양을 하였기 때문이다.

2 지구가 태양의 주위를 도는 공전을 하기 때문에 지구에서 계절마다 다른 별자리를 볼 수 있습니다.

3 별자리의 모양과 이름, 까닭이 서로 관련이 있도록 써 봅니다.

3주 100~101쪽 　되돌아봐요

1 (1) 해왕성 (2) 수성 (3) 목성 (4) 금성 (5) 달 (6) 천왕성 (7) 토성 **2** (1) ⓒ (2) ㉠ (3) ⓛ **3** (1) 혜성 (2) 은하 **4** 예 이 글을 읽기 전에는 우주가 늘 같은 모습일 것이라고 생각했다. 하지만 이 글을 읽은 뒤에는 우주가 지금도 계속 변하고 있다는 것을 알게 되었다. 또 우주는 상상보다 훨씬 신비롭다는 생각을 하게 되었다.

2 항성은 태양처럼 제자리에 있는 붙박이별입니다. 지구처럼 항성의 둘레를 도는 천체는 '행성', 달처럼 행성의 주위를 도는 작은 천체는 '위성'이라고 부릅니다.

4 글을 읽기 전과 읽은 후의 생각이 어떻게 변화했는지 써 봅니다.

3주 103쪽 　궁금해요

우리별 1호

● 우리나라는 최초의 인공위성 우리별 1호를 우주로 쏘아 올리는 데 성공하면서 우주 개발에 합류했습니다.

3주 105쪽 　내가 할래요

예 ㉠ 한영수 ⓛ 한영수 ⓒ 밤하늘에 내 이름을 딴 별이 빛나고 있다면 얼마나 멋질까? 만약 내가 별을 찾는다면 그 별에 내 이름과 똑같은 이름을 붙이겠다. / ㉠ 대한민국 땅 독도 ⓛ 한영수 ⓒ 별 이름을 '대한민국 땅 독도'라고 지어 전 세계에 독도가 우리나라 땅이라는 것을 알리겠다.

● 많은 사람에게 알리고 싶고, 오래도록 기억하게 만들고 싶은 것이 무엇인지 생각하여 써 봅니다.

4주 107쪽　생각 톡톡

연극

4주 113쪽

1 ⑤　2 ③　3 예 (1) 총각이 나무 그늘을 따라 욕심쟁이 영감네 집 안방으로 들어가자 욕심쟁이 영감이 몹시 화를 냄. 그러나 총각은 자기 나무 그늘을 따라왔다며 태평하게 드러누워 꼼짝하지 않음. (2) 총각은 욕심쟁이 영감에게 자신을 쫓고 싶으면 열 냥을 주고 나무 그늘을 도로 사라고 함. (3) 욕심쟁이 영감은 큰돈을 주고 나무 그늘을 도로 산 뒤, 지나친 욕심을 부렸던 자신의 잘못을 크게 반성함.

4주 109쪽

1 ④　2 ②　3 예 욕심 많은 영감이니까 좋은 옷을 입고, 배가 불룩 나온 모습으로 표현한다. 또 심술궂은 얼굴로 표현한다.

2 '장'은 희곡을 구성하는 기본 단위입니다. 배경이 바뀌거나 인물의 등장 또는 퇴장으로 구별됩니다.

2 희곡은 해설, 지문, 대사로 이루어집니다. 이 중 희곡에서 무대 장치, 나오는 사람, 시간과 장소 등을 설명한 것을 '해설'이라고 합니다.

3 희곡에서 나오는 사람의 성격은 말과 행동에서 드러납니다. 그러나 생김새와 의상으로도 그 사람의 성격이 드러나게 표현할 수 있습니다.

3 단계에 맞게 앞의 이야기와 내용이 자연스럽게 연결되도록 사건을 전개시켜 봅니다. 절정에서 갈등이 심해지고, 하강에서 갈등이 해결될 실마리가 제공되며, 대단원에서 갈등이 해결되어야 합니다. 각 단계에 따라 나오는 사람이 어떻게 행동할지 생각해 봅니다.

4주 111쪽

1 (1) (놀란 표정으로 총각을 보며) (2) (고개를 끄덕이며)　2 ㉡, ㉣　3 예 (타이르듯이) 여보게, 젊은이! 어떻게 나무 그늘을 돈으로 사나? 나무 그늘을 사용하는 대신 앞으로 자네가 이곳을 항상 깨끗이 청소해 주는 게 어떻겠나?

4주 115쪽

1 ⑤　2 예 ㉠ 놀이터 ㉡ 봉구, 봉구 엄마, 민아, 여동생, 남동생 ㉢ 미끄럼틀과 몇몇 놀이 기구가 있는 놀이터에서 아이들이 모여서 놀고 있다. 놀이터 귀퉁이로 보이는 무대 한쪽에서 망토를 두른 봉구가 으스대며 등장한다.　3 예 ㉠ 부러운 눈길로 봉구를 보며 ㉡ 팔을 공중에 뻗은 자세로 놀이 기구 위로 뛰어오르며 ㉢ 누가 내 스카프로 이러래? ㉣ 엄마, 잘못했어요!

3 희곡은 이야기처럼 인물, 사건, 배경의 3요소로 구성됩니다. 이때 사건은 주제를 잘 드러낼 수 있도록 하는데, 인물의 성격과 인물 간의 갈등이 사건에 큰 영향을 끼칩니다. 따라서 성격이 달라지면 사건도 달라질 수 있습니다.

1 만화에 나오는 인물의 말과 행동으로 성격을 파악합니다.

3 인물의 성격과 상황에 어울리는 지문과 대사를 넣어 희곡을 완성해 봅니다.

3 광고문에서는 이른 아침에 김 할머니가 이웃집 앞을 쓸기 시작한 뒤로부터 옆집을 쓸어 주는 주민이 늘었다고 했습니다. 이것을 희곡으로 표현하기 위해 때와 곳, 나오는 사람을 어떻게 정해야 할지 생각해 봅니다.

4주 117쪽

1 ②   **2** 해설 참조   **3** 예 ㉠ 제2장 ㉡ 병실 ㉢ 섭섭한 목소리로 ㉣ 그림 한 장을 구상에게 건네며 ㉤ 감동한 표정으로 이중섭의 손을 꼭 잡으며

2 친구가 좋아하는 것이나 친구를 위한 여러분의 마음을 그림으로 표현해 봅니다.

3 이야기에 나오는 사람의 행동이나 표정을 찾아 지문으로 표현해 봅니다. 또 대화를 표시한 큰 따옴표(" ")의 내용을 알맞은 대사로 바꾸어 봅니다.

4주 121쪽

1 ④   **2** ㉠ 엄마 ㉡ 초록색 비닐봉지 ㉢ 썩지 않는 쓰레기   **3** 예 ㉠ 엄마, 저 풀은 이름이 뭐예요? ㉡ 놀란 목소리로 ㉢ 대체 누가 저런 짓을 한 거야? 땅이 오염되면 어쩌려고…….

2 광고에 나온 사진과 글을 토대로 인물과 배경, 사건을 써 봅니다. 그리고 공익 광고에 담긴 주제도 생각해 봅니다.

3 앞에서 정리한 인물과 사건에서 주제가 드러나게 희곡을 완성해 봅니다.

4주 123쪽

1 ①   **2** ⑤   **3** 예 ㉠ 잘못을 뉘우쳤으니 됐다. 대신 친구들 앞에서 다시는 그런 행동을 하지 않겠다고 말하여라. ㉡ 책에 훈장님 얼굴을 그리다니 혼날 줄 알았어. ㉢ 못생기게 그려서 더 화가 나셨나 봐.

1 사람들의 일상적인 모습을 그린 그림을 '풍속화'라고 합니다.

3 희곡에서 나오는 사람이 하는 말을 '대사'라고 합니다. 그림에 등장하는 인물의 표정과 행동을 보고 어떤 대사를 했을지 상상하여 희곡을 완성해 봅니다.

4주 119쪽

1 ②   **2** 예 빗자루, 나뭇잎, 여러 가지 쓰레기, 쓰레받기 등   **3** 예 ㉠ 동네를 바꾼 이웃집 할머니 ㉡ 이른 아침 ㉢ 골목길 ㉣ 김 할머니 ㉤ 불이 켜지면서 짹짹 새소리가 들리고, 김 할머니가 빗자루를 들고 등장한다. 뒤를 이어 아이와 아이의 엄마, 동네 주민 1, 동네 주민 2도 빗자루를 들고 등장한다.

2 소도구란 연극할 때 필요한 작은 물건을 말합니다. 골목길을 청소할 때 필요한 도구를 써 봅니다.

1 ① 2 예 (1) 선물을 한 아름 받고 행복한 표정
으로 서 있는 것으로 보아 평상시에도 부모님 말
씀을 잘 듣는 착한 아이인 것 같다. (2) 선물을 받
지 못한 것으로 보아 평상시에 심한 개구쟁이인
듯하다. 찡그리며 우는 것으로 보아 자신의 잘못
을 반성하기보다 불만을 터뜨리는 성격인 것 같
다. (3) 선물을 받지 못해 우는 형을 보고 고소해
하는 것으로 보아 평소에 형에게 괴롭힘을 많이
당하는 것 같다. (4) 어린 딸을 바라보며 흐뭇하게
웃는 것으로 보아 매우 다정한 성격인 것 같다.
3 예 ㉠ 그건 네가 한 해 동안 착한 일을 많이 해
서야. ㉡ 형을 놀리며 ㉢ 톰, 내년에 착한 일을 많
이 하면 산타클로스가 선물을 주실 거야.

2 어떤 성격을 가진 사람들이 그림에 나온 인물처
럼 행동할지 생각해 봅니다. 얼굴 표정으로 성
격이나 속마음도 짐작해 봅니다.

3 인물의 행동과 표정을 살펴보고 장면을 상상하
여 희곡을 써 봅니다.

1 ③ 2 ②, ⑤ 3 예 ㉠ 소시랑게를 가여운 눈
으로 쳐다보며 ㉡ 엉엉 울던 것을 멈추고 ㉢ 밝은
목소리로 ㉣ 고마워, 개구리야.

2 해설에는 '때, 곳, 나오는 사람' 등이 들어갑니다.
동시를 읽고 등장인물은 누구인지, 어디에서 사
건이 일어났는지 찾아봅니다. 단, 이 동시에는 때
가 구체적으로 나와 있지 않습니다.

3 이 동시에서 개구리와 소시랑게가 어떤 행동과
표정을 지었는지, 어떤 말을 했는지 살펴봅니다.

1 ② 2 ㉠ 밤송이 ㉡ 다람쥐 ㉢ 나뭇잎 이불
3 예 ㉠ 알밤 형제의 모험 ㉡ 가을 ㉢ 숲속 ㉣
알밤 동생 ㉤ 알밤 동생을 황급히 말리며 ㉥
어디 살펴볼까?

3 때, 곳을 쓸 때는 밤이 열리는 계절과 장소를
생각해 봅니다. 대사를 쓸 때는 나오는 사람들
이 주어진 상황에 따라 어떤 대화를 주고받았
을지 생각해 봅니다.

1 ① 2 (1) 시작→제1장 (2) 화려한 옷→초라한
옷 3 (1) 밝고 큰 목소리로→고개를 숙이고 말
끝을 흐리며 (2) 허리에 손을 올리며 다정한 목소
리로→허리에 손을 올리며 화난 목소리로

2 희곡의 구성 단위는 '막'과 '장'입니다. 그리고 복
장은 각 인물의 특징과 상황에 맞게 지시해 줍
니다.

3 나오는 사람의 행동과 표정, 대사가 어울리도록
고쳐 씁니다.

4주 132~133쪽　　**되돌아봐요**

1 (1) 해설 (2) 지문 (3) 대사　2 (1) X (2) ◯ (3) ◯
3 예 (1) 적극적이고 동생을 배려한다. (2) 상상력
이 풍부하고 매우 감성적이다.　4 해설 참조

1　희곡의 구성 요소는 '해설, 지문, 대사'입니다.

4　희곡의 구성 요소에 맞게 이야기를 희곡으로
　바꾸어 써 봅니다.

예

> 허리가 구부러진 할머니가 현관문을 두드린다.
> 틸틸: (현관문을 열며) 누구세요?
> 할머니: (두리번거리며) 얘들아, 너희 집에 파랑새
> 　　　가 있니? 있으면 내게 파랑새를 빌려 다오.
> 틸틸: (놀라서 손을 저으며) 우리 집 파랑새를요?
> 　　　안 돼요, 저 새는 내 새예요.
> 할머니: (퉁명스러운 목소리로) 흥, 저 새는 파랗지
> 　　　가 않아. 난 파랑새가 필요할 뿐이야!

4주 135쪽　　**궁금해요**

> 비극, 희극, 희비극

4주 136~137쪽　　**내가 할래요**

예 1 얄미운 빗자루　2 엉덩이를 아프게 한 빗자
루가 아무런 도움도 안 된다고 여겼지만, 나중에
빗자루도 꼭 필요한 물건이라는 것을 깨달음.
3 남동생, 누나, 엄마　4 (1) 화가 나서 빗자루를
몰래 숨김. (2) 막상 어지러운 방을 치우려고 하는
데 빗자루가 보이지 않음. (3) 빗자루가 필요함을
깨닫고 숨겼던 곳에서 빗자루를 꺼내 옴.　5 해
설 참조

5　희곡의 처음 부분은 때, 곳, 나오는 사람, 무대
　를 설명하는 해설을 씁니다. 본문에서는 지문
　과 대사로 이야기를 펼칩니다. 이야기의 배경이
　바뀌면 장으로 구분합니다.

예

> **얄미운 빗자루**
>
> 때: 늦은 오후
> 곳: 안방
>
> 제1장
> 　불이 켜지면 방 안에 어지럽게 널린 종잇조각
> 들이 보인다. 방 가운데서 남동생과 누나가 종이
> 를 오리고 있다.
>
> 누나: (종이를 오리며) 저고리를 오려야지.
> 남동생: (총 모양으로 오린 종이를 들고) 와, 큰 총
> 　　　이 됐다!
>
> 　이때, 엄마가 빗자루를 들고 등장한다.
>
> 엄마: (놀라며) 아이고, 이게 웬 난리야? (빗자루
> 　　　로 누나와 남동생의 볼기짝을 때리며) 요
> 　　　말썽꾸러기 녀석들!
>
> 　말을 마친 엄마, 빗자루를 두고 퇴장한다.
>
> 남동생: (빗자루를 벽장에 넣으며) 요게 다 너 때
> 　　　문이야. 얄미운 빗자루! 넌 여기 들어가서
> 　　　나오지 마.
>
> 　조명이 점점 어두워지다 불이 꺼진다.
>
> 제2장
> 　조명이 점점 밝아진다. 아이들이 방 안에서 과
> 자를 먹고 있다. 과자 봉지와 부스러기가 보인다.
>
> 남동생: (방을 돌아보며) 엄마한테 또 혼나지 않
> 　　　으려면 치워야겠지? 그런데 빗자루가 필요
> 　　　하겠는걸? 어디다 두었더라?
> 누나: (벽장에서 빗자루를 꺼내며) 여기 숨겨 두었
> 　　　잖아. 엄마가 오시기 전에 얼른 빗자루로
> 　　　쓸자.
> 남동생: (머리를 긁적이며) 이럴 때는 빗자루가 참
> 　　　쓸모가 있네. (빗자루를 쳐다보며) 아까는
> 　　　미안했어. 이렇게 큰 도움이 되는데 얄미운
> 　　　빗자루라고 해서 말이야.
>
> 　조명이 점점 어두워지다 불이 꺼진다.